AF210053

Thomas Opfermann (Hrsg.)

Sommer-Anthologie 2025

Kurzgeschichten & Lyrik

Bibliografische Information der Deutschen
Nationalbibliothek:
Die Deutsche Nationalbibliothek verzeichnet diese Publikation in der Deutschen Nationalbibliografie; detaillierte bibliografische Daten sind im Internet über
http://dnb.dnb.de abrufbar.
© 2025 Thomas Opfermann
Verlag: BoD · Books on Demand GmbH, Überseering 33,
22297 Hamburg, bod@bod.de
Druck: Libri Plureos GmbH, Friedensallee 273,
22763 Hamburg
ISBN: 978-3-8192-2826-1

Inhalt

Vorwort

Liebe Leserinnen und Leser,

mit dieser Anthologie darf ich Ihnen 51 Texte zum Thema Sommer präsentieren. Lassen Sie sich nicht nur von der Vielfalt der Genres überraschen, sondern auch von der inhaltlichen Bandbreite. Der Sommer ist facettenreich, mal märchenhaft schön, manchmal traurig oder aber auch nachdenklich stimmend.
In diesem Sinne wünsche ich Ihnen viel Freude bei der Lektüre!

Stolberg, Mai 2025
Thomas Opfermann

Viktoria Adam

Erntezeit

August steht in voller Blüte.
Sonne strahlt wonniglich wohl,
kitzelt meine Sommersprossen.
Leben glitzert heute voll.

Erntezeit senkt ihre Gnade,
Luft riecht nach gemähtem Heu.
Blauer Schäfchenwolkenhimmel
spannt sich über mich wie neu.

Ruhig liegt das Land, voll Frieden.
Stille hebt sanft ihren Arm.
Ich genieße diese Freiheit,
sie umfängt mich weich und warm.

Fülle zeigt sich in der Ernte,
tief ins Leben eingewebt.
Fülle fühle ich im Lieben,
hin zu dir bin ich bestrebt.

Ach, vorbei die kargen Jahre!
Reichtum feiere ich hier.
Meine Ernte, meine Freude,
ich bin dankbar, tief in mir.

Almut Amberg

Gedanken am letzten Sommerferientag

Zusammen im Baumhaus wie früher als Kinder
mit Blick auf das Sternenhimmelszelt
zum Essen scharfes Take-Away vom Inder
zum Trinken süße rote Schorle.

Ein Versprechen geflochten aus drei Küssen
mehr auf der alten Luftmatratze
Narben, die wir irgendwann bereuen müssen,
Abendsonne warm auf der Haut.

Lieder, gestohlen von Cobain, Doherty und
    Lennon
der flüchtige Wunsch, wie sie zu sein,
Partys mit Leuten, die wir kaum kennen,
eine einzelne verstimmte Gitarrensaite.

Betrunken Wolken beobachten und Engel sehen
einen roten Vogel über einem brennenden Feld.
Mit dir würde ich überall hingehen
um die Zeit, zu der der Asphalt glüht.

Eltern, die faul auf Terrassen liegen
der Wunsch, sich von ihnen zu befrein,
eine Erkenntnis, die erst heute kommt:
Wir werden nicht immer siebzehn sein.

Evelyne Anciaux

Sommerliches Waldgespräch

Was soll ich tun!
Was soll ich tun!
Rief das Huhn,
Da es um einen Bären
Auf aufgebrachte Weise
Bewegte sich im Kreise.
Das ist nicht schwer,
Mein liebes Huhn,
Sprach der Bär.
Im Winter sollst du ruhn.
Im Sommer sollst du her. –
Und deine Sorgen sind nicht mehr.

Céline André

Nichts als die Sonne

N ichts war los. Genauso sollte es sein.
Der Wecker hatte nicht geklingelt. Sie war
trotzdem wach geworden. Die Sonne blickte
scheu zu ihr herunter und versteckte sich noch
hinter den dicken Vorhängen. Sie streckte sich
langsam aber sicher und fast hätte sie das
Fußende des Bettes erreicht. Sie atmete tief ein. So
sollte der Sommer werden. Ein einziger Sommer,
der nur ihr gehören sollte und niemandem sonst.
Leer, frei und irgendwann wieder vorbei.

Sie versicherte sich, dass sie wirklich ihr Handy
ausgeschaltet hatte und steckte es in die untere
Schublade ihres Nachttischschränkchens. Bekannten und Verwandten hatte sie geheimnisvoll
erzählt, dass sie sich diesen Sommer für ein au-
ßergewöhnliches Ziel entschieden hatte und dass
sie alles nach den Ferien erzählen würde. Sie sollten sich auf keinen Fall nach ihr erkundigen. Sie
sei in guten Händen.

Sie lag immer noch im Bett, betrachtete ihre Hände
und versuchte, die Sonnenstrahlen einzufangen
und geschmeidig ihre Finger zu einem Tanz zu bewegen. Es waren gute Hände, da war sie sich ganz
sicher. Sie hatten sich Tag für Tag gewaschen, sie
gepflegt, die Kaffeemaschine angemacht, den Lap-
top aufgeklappt, wichtige Mails getippt, wieder zu-
geklappt, andere Hände geschüttelt, mal kräftig,

mal gedankenverloren. Sie hatten Kinderhaare gestreichelt, auf Schultern geklopft, Tränen getrocknet. Nun sollten sie Ruhe haben. Einen Sommer lang.

Kurz dachte sie an Gregor Samsa. Sie war zwar jetzt kein Ungeziefer und allen Körperteilen nach zu urteilen noch ein Mensch, aber sie lag genauso sinnlos in ihrem Bett wie er. Sie würde nicht arbeiten gehen, keine Arbeiten kontrollieren, nichts vorbereiten, nicht mit ihrer Familie speisen. Also könnte sie an diesem ersten schönen Sommerferienvormittag einfach ein Marienkäfer oder ein Schmetterling sein, krabbeln, flattern, Nektar essen.

Als sie den Harndrang nicht mehr aushalten konnte, stand sie auf. Danach machte sie sich einen Kaffee und setzte sich auf ihren Balkon. Automatisch schnitt sie ein paar getrocknete Blüten ab. Sie setzte sich hin, hüllte sich in eine Decke ein, es war noch ein wenig kühl, und schloss die Augen. Sie versuchte, die Geräusche, die sie wahrnahm, zu verorten. Sie lächelte vor sich hin. Sollte sie nun den ganzen Tag, die ganze Woche einfach so verharren? Vielleicht. Stören würde es niemanden. Das Gebrauchtsein hatte sie abgelegt. Am liebsten würde sie die Zeit auch abstellen, nicht anhalten, das nicht, einfach ihr keine besondere Aufmerksamkeit mehr schenken.

Irgendwann stand sie wieder auf, die Sonne war mittlerweile warm geworden, die Decke damit überflüssig und bald würde sie es auf dem Balkon kaum mehr aushalten. Die Sonne lockte sie heraus. Auf der Straße war es schon viel lauter geworden. Sie suchte schnell den Weg zur S-Bahn-Haltestelle. Die Sonne wollte sie nicht in der Stadt halten. Sie musste raus. Irgendwo aufs Land. Wohin - sollte die Sonne bestimmen. Am ersten Gleis, in den ersten Zug steigen und da aussteigen, wo sie noch nie gewesen war. Die S-Bahn war erstaunlich leer.

Sie studierte die Namen der kommenden Haltestellen. In der Stadt kannte sie schon alle. Nach der Stadtgrenze wurde es schwieriger. Mit Atemroda konnte sie nichts verbinden. Also stieg sie da aus. In Atemroda.

Das Bahngleis war leer. Am Fahrradständer waren drei Räder angeschlossen. Das verwahrloste Bahnhofsgebäude stand sinnentleert da und hatte seine Öffnungen nach außen verriegelt. Die Graffitisprayer von Atemroda hatten sich ein bisschen ausprobieren wollen. An Sonnencreme hatte sie nicht gedacht. An Wasser auch nicht und das war in der Tat problematischer. Also machte sie sich auf die Suche nach einem Gasthof, einem Imbiss, einer Tankstelle ... Der Bahnhof lag außerhalb der Ortschaft. Das war zwar im ersten Moment merkwürdig, allerdings beim längeren Betrachten folgerichtig. Wenn man in Atemroda lebte, wollte man nicht vom Nahverkehr gestört werden und alles andere konnte man mit Rad oder Auto erledigen.

Ein Schild zeigte nach rechts. Einen Kilometer nach Atemroda. Die Straße war nicht für Gegenverkehr geeignet und auch nicht für Bürgersteige. Die Sonne war da. Die reifen Weizenfelder auch und hier und da tupften Mohn- und Kornblumen Farbflecken in die sonst so strahlend gelbe

Landschaft. Der Himmel war tiefblau. Bienen summten und ansonsten war kein Geräusch mehr zu vernehmen. Die Sonne hatte die Menschen in ihre Häuser verscheucht. Sie lief auf dieser leeren Straße, breitete die Arme aus und schloss die Augen. Es geschah nichts. Sie machte die Augen auf und alles war noch so. Weizenfelder, Mohnblumen, Bienen, Himmel, Sonne. Sie konnte die Augen schließen und die Welt bewegte sich weiter.

Hinter einem kleinen Wäldchen, das ihr kurz Schatten spendete, bog die Straße ab und sie konnte den kleinen Kirchturm von Atemroda entdecken. Nach dem Ortseingangsschild stand rechts ein niedriges Gebäude mit geschlossenen Fensterläden und einer verwaschenen Aufschrift „Gasthof". Hier war nichts mehr zu bestellen, auch kein Glas Wasser. Niemand war zu sehen. Alles ganz still. Am Dorfteich stand eine Bank und sie setzte sich hin. Noch war ihr Durst nicht so präsent. Man kann ja seine Spucke trinken, hatten die Jungs ihrer Klasse immer wieder gesagt. Man kann 3 Tage ohne Wasser aushalten. Das auch. Sie konnte jederzeit zum Bahnhof zurücklaufen und die nächste S-Bahn in die Stadt nehmen. Kein Grund zur Sorge. Sie würde nicht in Atemroda sterben. Wobei der Gedanke ihr nur ganz kurz durchaus verlockend erschien. Tod in Atemroda. Ein schöner Abschluss für ein bewegtes Leben.

Sie beschloss doch noch weiterzulaufen. Das Ortsausgangsschild war schnell da und rechts führte ein Feldweg in einen kleinen Wald. Der Weg war fast sandig, kleine Steinchen verirrten sich in ihren Schuhen. Schnell war sie in einem Wäldchen. Der Schatten der Bäume war willkommen. In der Nähe floss Wasser. Das konnte sie hören. Bald entdeckte sie es auch. Ein kleiner Fluss schlängelte sich entlang und spendete dem kleinen Wäldchen Feuchtigkeit und Kühle. Jetzt wollte sie ihre Füße ins Wasser tauchen und mit ihnen die kleinen Punkte, die die Sonne auf die Wasseroberfläche malte, berühren.

Sie beschloss weiterzulaufen, am Fluss entlang in die Richtung, wo die Sonne mehr schien. Das kleine Wäldchen war schnell wieder vorbei. Danach kam eine Wiese. Das Gras war schon sehr hoch sowie die Mohnblumen, die Kamillenblüten und die Kornblumen. Viele Schmetterlinge flatterten. Vielleicht war sie doch einer von ihnen geworden. Die Wiese endete und da entdeckte sie ein kleines Häuschen.

Das Haus war älter. Der Putz bröckelte von den Wänden und man konnte die Steine der Mauern sehen. Helle Natursteine. Vielleicht war das Haus leer. Wenn nicht, vielleicht könnte sie ja um eine Glas Wasser bitten.

Der blaue Regen hielt sich an der Wasserrinne fest, Stauden leuchteten wild und bunt. Es roch wunderbar. Die Bienen summten sehr laut. Sie hatten hier viel zu tun. Ihr schien fast, als würde sie die Flügel der Schmetterlinge hören. Plötzlich sah sie, dass eine Frau sie beobachtete.

Sie saß auf einer Bank in der Sonne. Die einst blaue Farbe der Bank konnte man kaum noch erkennen. Die Frau war nicht mehr ganz jung und noch nicht sehr alt. So wie sie. Ihre blonden Locken fielen ihr ins Gesicht. Ihre Augen hatten die Farbe des blauen Regens angenommen. Vor ihr, auf einem wackligen Tisch, stand eine Schüssel voller

Kirschen und ein Krug mit Wasser und frischer Minze. Die Frau lächelte sie an und sagte nichts. Sie nahm eine Kirsche und spuckte den Kern in hohen Bogen aus. Er landete irgendwo im Gras. Sie lächelte nochmal.

Sie ging langsam zur Bank. Das Lächeln war noch da. Eine stille Einladung. Eine liebevolle Begrüßung. Sonst nichts. Sie setzte sich. Die Bank war warm. Da war die Sonne. Sie nahm eine Kirsche aus der Schüssel. Auch sie war warm. Sie steckte sie sich in den Mund und schloss die Augen. Sie war saftig und hatte eine kräftige Süße. Sie spürte wie der süße Kirschsaft floss und das Fruchtfleisch schmolz. Sie öffnete die Augen. Die Frau sah sie amüsiert an. Wie man es macht, wie man die Zunge positioniert, um einen Kirschkern weit zu spucken, das konnte man nicht verlernen. Sie sah die Frau an, mit einem leicht herausfordernden Blick und spuckte den Kirschkern noch weiter. Die Frau lächelte und sah sie anerkennend an. Ein paar Minuten saßen beide Frauen und machten nichts, nur abwechselnd Kirschkerne spucken.
Danach stand die Frau auf, ging ins Haus und kam schnell wieder raus. Sie hatte zwei Gläser, sie füllte diese mit Wasser. Beide tranken. Und schwiegen. Man hörte den Fluss langsam rauschen, die Bienen ihre Aufgaben erledigen, die Schmetterlinge flattern. Jetzt musste sie noch einmal einatmen. Dieses Hier und Jetzt ganz fest einsaugen, an einem sicheren Platz speichern, um es wieder abrufen zu können. Sie schloss die Augen.

„Schön, dass du jetzt da bist." Die Frau hatte das Schweigen unterbrochen.

Der Fluss rauschte. Die Erde drehte weiter ihre Runde. Die Zeit schien still zu stehen und doch flogen die Bienen. Eine Ameise krabbelte hoch. Die Sonne streichelte ihr Gesicht. Ansonsten war nichts. Nur zwei Frauen. Vor einem schiefen Haus und auf einer alten Bank mit frischem Wasser. Wunderbare Düfte umgaben sie. Ein Korb voller Kirschen.

Das war alles.

Isa Bellini

A-N-N-A

Das war der Sommer des versiebten Klassenziels,
des verächtlichen Blicks des Vaters
mit Hausarrest, sogar für den Hund
und der erlösenden Fahrt auf´s Land,

in dieses bis dahin so stirnrunzelig bergrückige
    Onkeltal,
mit einem See so kalt,
wie Langnese-Eis aus dem Tiefkühlfach.
Der Tanten-Sommer schmeckte nach
Dampfnudeln mit Obstkompott.
Für mich aber blieb der Geschmack von
feinherbem Judenstrick und Bubbelgum-
    Himbeer, -
dem ersten Kuss.

ANNA vier Buchstaben, oder zwei gedoppelt,
sie hingen auf ein Seil gespannt zwischen den
    Gipfeln,
sie überfielen mich, wie Sommergewitter auf der
    Alm,
gingen nieder auf mich wie sahnige Schneelawi-
    nen.
Ich harrte aus in ihnen, hielt den Atem an,
war angefüllt mit - A-N-N-A.

Ihr türkises T-Shirt blitzte in Fetzchen auf,
morgens durch geschlossene Fensterläden,
im Kramerladen durchs Bonbonglas,
durch Fahrradspeichen und Fußballtor.

Türkis - ist gleich Herzklopfen
wie im rasenden Riesenrad.

Ihre Augen, smaragdgrün,
lagen auf dem Grund des Sees,
ein sommerlanges Tauchen, Entdecken,
Finden und wieder Verlieren
ließ mir Schwimmhäute wachsen
ums ANNA-Organ, das mich trug.

Noch heute leuchten die geheiligten Orte.
Der unten am Bach, mit dem Echo
unseres knöcheltief-kalten Kicherns
unter dem Brückenbogen.

Das angelehnte Atmen
an der hinteren Kirchturmwand,
zweimal zwei Lippen,
schüchterne Zungen mit Himbeergeschmack.

Am Löschweiher,
der Platz unserer nicht aufgegangenen Pflaumen
    kerne.

Der See, - smaragdgrüner Spiegel - , AN-NA.

Roswitha Böhm

Der Sanduhrenmann

Es war einer dieser Sommertage, die sich anfühlen, als würden sie ewig dauern – träge, flirrend, salzgeschwängert. Ich war nach Zinnowitz geflüchtet, fort von Berlin, von der Wohnung, die nach Daniels Auszug noch immer nach ihm roch. Drei Jahre Beziehung, verpackt in Umzugskartons, während ich nur zusah, wie er sich für München entschied. Für die neue Stelle, nicht für mich.

Touristen zogen in Badelatschen zum Strand, Kinder schleckten Eis, Möwen kreischten. Ich bewegte mich wie durch Sirup, benommen von Sonne und Schlaflosigkeit.

Dann sah ich ihn.

Ein älterer Mann saß auf einem Klappstuhl neben einem Tisch. Kein Schild, kein Sonnenschirm. Nur ein Leinentuch, auf dem Sanduhren lagen – aus Glas, Holz, Metall, Muscheln. Jede rieselte anders. Manche in hastigem Tempo, andere zögerlich, wie in Zeitlupe.

„Was kosten die?", fragte ich, mehr aus Höflichkeit als echtem Interesse.

Der Mann – wettergegerbte Haut, graue Locken unter einem Strohhut – blickte auf. Seine Augen waren so blau wie die klarsten Ostseetage.

„Kommt drauf an, welche Art von Zeit du brauchst", sagte er mit leichtem skandinavischem Akzent.

Ich lachte. „Und was haben Sie so?"

25

Er zeigte auf eine kleine mit goldglänzendem Sand. „Verpasste Chancen. Rieselt rückwärts." Dann auf eine bauchige: „Lachzeit. Wird schneller, je mehr du lachst." Und schließlich auf eine beschlagene: „Für perfekte Momente. Hält sie fest. Aber nur für dich."

Ich hätte weitergehen können. Stattdessen nahm ich sie.

„Zehn Euro", sagte er.

Ich zahlte. Nicht überzeugt – neugierig.

„Wie funktioniert sie?"

„Dreh sie um, wenn du einen Moment festhalten willst. Du wirst es merken."

Dann: „Solange du dich erinnerst. Manchmal noch länger."

Der Tag veränderte sich.

Der Wind roch nach Kindheit, nach Meck-Pomm-Sommern vor der Scheidung meiner Eltern. Das Eis schmeckte nach echter Vanille. Jemand summte im Vorübergehen eine Zeile, die Daniel früher sang.

Am Strand ließ ich das Buch in der Tasche und beobachtete: Eine Frau baute mit ihrem Enkel Sandburgen wie früher meine Oma. Ein Pärchen küsste sich endlos. Ein Hund rannte quietschvergnügt ins Meer.

Jedes Mal, wenn ich die Sanduhr zog, hielt die Welt kurz den Atem an. Vielleicht bildete ich mir das ein – aber es fühlte sich gut an.

Am Abend, als die Sonne golden durchs Glas fiel, sprach mich eine Frau an.

„Die sind selten."

Sie setzte sich zu mir. Eine ältere Sanduhr in ihrer Hand, das Holz vom Gebrauch dunkel.

„Meine misst die Zeit zwischen zwei Herzschlägen",
sagte sie.

Ein Herzleiden, ein alter Mann auf einem Markt in
Stralsund, eine experimentelle Therapie.

„Ich weiß nicht, ob´s die Uhr war. Aber ich lebe
noch."

Sie stand auf. „Genieß deine Zeit. Es ist ein guter
Ort zum Heilen."

In den nächsten Tagen schwamm ich im kühlen
Morgenmeer, schrieb in Cafés, beobachtete Menschen, zeichnete wieder.

Ich drehte die Sanduhr bei kleinen Wundern: dem
Duft von Salzwasser, einem geschenkten Stein, einer Melodie auf der Straße. Die Zeit schien langsa-
mer zu laufen. Oder ich war einfach wacher.

Am vierten Abend saß ein Mann allein auf einer
Düne.

Etwas an seiner Haltung spiegelte mich.

„Darf ich?"

Er nickte. Wir schwiegen.

„Manchmal steht die Zeit still", sagte er. „Aber
nicht auf die gute Art."

Ich zog die Sanduhr, drehte sie um. Die Sonne
brach durch eine Wolke.

Er bemerkte die Uhr.

„Der alte Mann ... ich hab auch eine."

Er holte eine mit blauem Sand hervor.

„Sie misst die Zeit zwischen Abschied und Wiedersehen."

Wir lächelten. Sprachen.

Am nächsten Tag trafen wir uns wieder. Und wieder.

Wir gingen spazieren, sammelten Muscheln, sagten nie, was das war – aber es fühlte sich richtig
an.

Am siebten Tag war der Platz des Sanduhrmanns leer. Nur ein Haufen Sand im Wind.

„Er kommt und geht", sagte die Eisverkäuferin. „Meine Großmutter hat ihn schon gesehen. Seine Uhren sagen nie die falsche Zeit."

Am Abend sagte Finn: „Ich fahre morgen."
Ich nickte. „Ich auch."
Wir saßen im Sand, Hände nah beieinander.
Ich drehte meine Sanduhr, er seine. Der Sand floss – dann stand er still. Als hätte jemand die Welt auf Pause gedrückt.
Wir tauschten keine Nummern aus. Aber als wir am nächsten Morgen an getrennten Gleisen standen, wusste ich: Diese Woche hatte etwas in mir verändert.

Ich trug die Sanduhr durch den Herbst. Vielleicht war es nur Einbildung. Vielleicht Magie.
Als der nächste Sommer kam, kehrte ich zurück – nicht wegen Finn. Wegen mir.
Der Sanduhrmann war nicht da. Aber auf dem alten Platz lag ein einziges, goldenes Sandkorn.
Ich hob es auf, ließ es in die Sanduhr fallen.
Und dann sah ich ihn.
Einen Mann mit wehendem Haar, der am Strand entlangkam.
In seiner Hand: eine blaue Sanduhr.
Er hielt inne. Und für einen Moment – einen perfekten Moment – stand die Zeit still.

Nadin Corinna Bühler

Sommer 1998

Zusammen mit sechzig anderen Jugendlichen machten wir uns auf den Weg. Die nächsten zehn Tage gehörten uns. Auf ins Abenteuer, ab ins Zeltlager. Damals gehörten wir noch nicht der Generation an, die überall mit dem Auto hin kutschiert worden ist. Was kutschiert wurde, war bestenfalls unser Gepäck: Schlafsack, Isomatte, Tasche. Unser Abenteuer fernab von zuhause begann mit einem mehrstündigen Fußmarsch bergauf. Wir waren belastbar. Keiner beschwerte sich, sondern marschierte einfach durch die Heidelandschaft. Man konnte uns noch mit bizarr aussehenden Bäumen und den dazu gehörigen Tarantelgeschichten bezaubern.

Im Lager selbst zählte die Einteilung in die einzelnen Zelte zu den für uns wichtigsten Dingen. Wer musste sich zehn Tage lang mit wem das Zelt teilen? Wer schlief neben wem?

Waren die weißen Gruppenzelte endlich bezogen, wurde das Gelände unsicher gemacht. Wer hauste nebenan und gegenüber und wo schlummerte nachts wohl insgeheim der erste Schwarm? Wie sah das Plumpsklo aus und was gab es im Lagerlädele für die paar Taschengeld-DM-Münzen, die man erwartungsvoll loswerden wollte?

Das Programm des Zeltlagers wurde von Freiwilligen des evangelischen Jugendwerks gestaltet. So wurde zehn Tage lang gemeinsam gebaut, gekocht, gespielt, gesungen und gelacht. Abends versammelte man sich ums wortwörtlich genommene Lagerfeuer und wir sangen lauthals Songs wie „Über den Wolken", „Marmor, Stein und Eisen bricht", „Ich hab ´ne Tante aus Marokko" und viele andere mehr. Stundenlang und vollkommen ohne jegliche technische Gerätschaften der letzten 30 Jahre. Es wurde gelacht, aufs Lagerfeuer geglotzt, geschunkelt und sich beim Auffinden seines Gruppenzeltes mit der Taschenlampe gegruselt. Lag man dann irgendwann im Schlafsack auf seiner Isomatte, hörte man die Ersten schon schnaufen, währenddessen man die Geräusche im Unterholz vernahm und sich Gedanken darüber machte, welches Tier sich wohl in unmittelbarer Nähe außerhalb des Zeltes befand. Auch wenn man sich stark und groß gab, so vermisste man vor dem Schlafen eben doch ein Stückchen die Familie zuhause, was man natürlich bis heute noch nicht zugegeben hat. Wir waren damals Kinder einer anderen Generation. Wir waren vollkommen selbstverständlich und unbeschwert in der Natur unterwegs. Unser Tagesinhalt war mit klettern, bauen, sammeln und spielen gefüllt. Nebenbei lernten wir neue Dinge wie Korbflechten und Specksteinschnitzen kennen.

Eines Abends machten wir uns mit unseren Rucksäcken auf hinaus zum Wandern. An einem Maisfeld machten wir irgendwann Halt. Für alle damaligen Jugendlichen kam dann die ultimative Überraschung, mit der niemand gerechnet hatte. Wir schliefen unterm Sternenhimmel mitten im Freien, ohne alles. Heimlich hatten die Leiter unsere Schlafsäcke aus den Zelten eingepackt und diese ans Maisfeld geschafft. Was für eine einzigartige Erfahrung. Grillen zirpten, Käfer und andere Kleintiere krochen über uns. Über uns konnten wir die

Sternbilder deuten. Tags drauf waren wir mächtig stolz auf unsere gemeinsame Nacht im Maisfeld und zurück zuhause hatten wir wahrlich viel zu erzählen.

Buora Buonder

Freispruch

Die Anklage lastet schwer. Herr Sommer sitzt still auf der Anklagebank im Gerichtssaal. Niemals hätte er gedacht, dass es soweit kommen würde. Er hatte doch stets sein Bestes gegeben: erschien zur rechten Zeit, brachte Abwechslung in die Jahreszeiten; mal Regen, mal Hitze. Doch dann funkten die Menschen in sein altes Handwerk. Herr Sommer hatte es zunehmend schwieriger seine Aufgaben zu erfüllen. Sein Job war auch so schon schwierig genug: Pünktlich hatte er mal auf dieser, dann auf jener Seite der Erde zu erscheinen.

Frau Eisbär schaut böse und mit verweinten Augen in seine Richtung. Die Anklage lautet *Fahrlässige Tötung*.

Richter Justus, ein Pinguin mit weitem schwarzem Talar, wiederholt seine Frage: „Herr Sommer, was haben Sie zu Ihrer Verteidigung zu sagen?"

Der sonst recht große, braungebrannte Typ im bunten Hawaii-Hemd wirkt schmächtig, eingeschüchtert und steht unsicher von der Sitzbank auf. „Ich bin mir keiner Schuld bewusst. Schließlich habe ich einfach meine Arbeit get..."

Frau Eisbär fällt ihm ins Wort: „Aber mein Mann ist tot!" Laut schluchzend hält sie sich ein Taschentuch vors Gesicht.

„Ich kann doch nichts dafür, wenn ihr Mann sich in einer Gletscherhöhle aufhält!"

„Das war unser Zuhause! Nun ist nicht nur mein Mann tot, weil er von einem Eisbrocken erschlagen wurde, sondern die ganze Höhle ist zerstört!"

Frau Eisbär schreit die Worte nur so heraus.

Richter Justus klopft mit dem Hammer auf das Pult und bittet um Ruhe: „Frau Eisbär, bitte beruhigen Sie sich. Das Wort hat Herr Sommer."

Die Luft flirrt vor Hitze, der Ventilator surrt und Herr Sommer klebt das Hawaii-Hemd mit den bunten Papageien am Leib.

„Ich bin der Sommer und habe meine Arbeit getan. Leider wird in letzter Zeit von der Menschheit zu viel in meine Arbeit gepfuscht. Ich kann nichts dafür, wenn sie die Umwelt verschmutzen, Schwefeldioxid in die Luft sprühen und sich auch sonst zu stark in die Arbeit der Jahreszeiten einmischen. Auch Frau Frühling, Frau Herbst und Herr Winter klagen über erschwerte Arbeitsbedingungen. Ich wollte niemals, dass Herr Eisbär sterben muss."

Langsam setzt sich Herr Sommer wieder auf die Bank.

„Frau Eisbär, bitte schildern Sie nochmals den Tathergang."

„Ich und mein Mann kamen von der Jagd zurück. Es hatte an diesem Tag fast keine Robben im Meer und wir waren immer noch hungrig. Als wir zu unserem Zuhause kamen, blieb ich noch vor der Höhle stehen, um einen Moment übers Meer zu schauen. Vielleicht ließen sich ja doch noch Robben blicken. In dem Moment geschah es: ein riesiger Eisbrocken löste sich beim Eingang und erschlug meinen …"

Wiederum wird Frau Eisbär von heftigem Schluchzen erschüttert.

Herr Sommer erhebt sich: „Mit Verlaub, euer Ehren, ich bin ein Naturphänomen. Ich komme, wie
ich komme, und ich gehe wieder. Dass das Eis
schmilzt, liegt nicht allein an mir. Ich tue nur, was
ich immer getan habe: die Erde wärmen."
Frau Eisbär schluchzt leise: „Aber es wird jedes
Jahr wärmer. Das Eis schmilzt. Unser Zuhause
zerfällt. Irgendjemand muss doch dafür verant-
wortlich sein! Früher war alles anders. Das Eis war
stabil. Unsere Höhle war sicher. Der Sommer ist
schuld, dass sich alles verändert!"
Richter Justus blickt nachdenklich zu Herrn Sommer: „Was haben Sie zu Ihrer Verteidigung zu sagen?"
„Euer Ehren, die Menschen haben sich in meine
Angelegenheiten eingemischt. Sie verbrennen fos-
sile Brennstoffe, blasen CO_2 in die Atmosphäre und
verstärken meinen Effekt. Ich werde länger, heißer
- und ja, das hat Folgen. Aber das ist nicht meine
Absicht. Ich bin kein Mörder, ich bin der Sommer."
Frau Eisbär leise: „Aber ich habe meinen Mann
verloren ..."
Richter Justus lehnt sich zurück, rückt seine Brille
zurecht und schaut die Klägerin und den Ange-
klagten lange an.
„Es ist offensichtlich, dass ein großes Unrecht geschehen ist. Die Schuldfrage ist jedoch kompliziert.
Herr Sommer, ich kann Ihnen keine direkte Ver-
antwortung für den Tod von Herrn Eisbär zu-
schreiben. Das Urteil lautet *Freispruch*."
Frau Eisbär bricht wieder in Tränen aus: „Und was
wird denn aus uns?"
Richter Justus besänftigt sie: „Dies ist noch nicht
das Ende, sondern ein Weckruf. Vielleicht liegt die
wahre Schuld nicht bei Herrn Sommer, sondern in

der Art und Weise, wie die Menschen mit der Welt umgehen. Der Fall wird neu aufgerollt werden."
Der Hammer fällt. Ein leises Tropfen von schmelzendem Eis hallt nach.

Lukas Clara

Der Tanz des Schmetterlings

Hurtig und entzückt
tanzen sie vor mir,
im Slalom
durch den Blütenwald.
Hoch und quer,
nieder und hoch.

Hastig segelt einer,
der andere flattert ihm zu.
Sie fliegen rund im Kreise,
scheinen voller Glück.
Entzweien sich einen Hauch später,
lassen sich nieder und ruh´n.

Es beginnt das Spiel von neuem,
ungezwungen und mit Finesse.
Einer kommt, einer flieht,
einer segelt, einer kommt.

Zwei finden sich,
flattern im Kreis,
drehen sich hoch,
bis die Windbrise sie trennt.

Tapsig und schwindelig
vernehme ich ihren Flug.
Torkeln ziellos durch die Luft,
scheinen mir beseelt von
Heiterkeit und Sonnenschein.

Keine Sorge, keine Gedanken plagen sie.
Einzig das Durchziehen der Lüfte,
die Weite des Raums ist ihrer.
Leichtigkeit und Freiheit.

Doch muss ich erkennen,
dass Natur nur sie treibt,
sie tanzen lässt und leben.
Ihr erfrischender Flug ist nicht mir gewollt,
das mich am Genießen nicht hindert.

Anna-Lena Eißler

Ein kühler Tag im August

Im August klettern die Temperaturen jeden Tag über 30° Celsius, nur heute nicht. Heute ist die Trägheit zerstoben, die über den Gärten lag, die Liegen im Freibad sind alle unbesetzt. Ein verschrumpelter Nemo liegt auf ein Handtuch gedruckt neben dem Kinderbecken, ein Windstoß würde ihn ins Wasser tragen, er würde untergehen.

Aber heute ist es windstill.

Selbst die Tiere bleiben heute in ihren Ecken, in den Hecken sitzen. Jede Bewegung ist so leise wie möglich, um ja keinen Menschen zu stören.

In einem Westernfilm würde ein Steppenläufer über den sonnengewärmten Boden rollen, aber hier fehlen Pflanze sowie Antrieb und es gibt nur geschnittene Rosenbüsche und Buchs. Vielleicht noch Löwenzahn im Freibad, der sich seinen Weg durch die Pflastersteinritzen gebahnt hat. Ob er von Anfang an wusste, dass er auf diesem Wege die Sonne erreichen würde, wo selbst die Gänseblümchen daran scheitern? Hat er es einfach versucht, sich durchgesetzt und geschafft?

Fragen, die man sich stellt, wenn man auf dem Bauch liegend in der Sonne dümpelt, die Sonnenbrille schräg auf der Nase, neben sich eine Tupperbox und Melonenschalen.

Nicht an diesem kühlen Tag im August.

Heute sind die Straßen verlassen, es ist nicht einmal jemand gekommen, der den Kiosk aufschließt.

Alle Augen sind auf die Uhren gerichtet. Es ist zu kühl für Shorts, es gibt nichts, was gewisse Individuen ablenken könnte. Fernseher und Radio rauschen sobald man sie anmacht und selbst das Smartphone ist an diesem kühlen Tag im August für 24 Stunden uninteressant.

Manche sind von Mitternacht bis Mitternacht wach, bis es wieder warm wird. Sie halten die Uhr in den Händen, bis sie ihren schwitzigen Fingern entgleitet, sie legen die Uhr auf den Tisch, gehen um diesen Tisch herum. Ein geheimes Beschwörungsritual.

Einige beten. Ob kniend, stehend oder als schnelles Stoßgebet, sie hoffen auf eine Botschaft. Ja oder nein wäre für die meisten schon genug, andere hätte gerne eine bereits ausgefüllte Entscheidungsmatrix, damit sie diese Uhr nicht mehr ansehen müssen.

Heute kommt der Schweiß nicht vom Wetter, er kommt aus dem Inneresten derjenigen, die ununterbrochen die Uhr anstarren.

Es gibt auch Leute, die den ganzen Tag verschlafen. Sie sind glücklich oder komplett verzweifelt, manchmal eine seltsame Mischung aus beidem.

Ein kühler Tag, an dem sie endlich Schlaf finden ohne sie dreimal von der einen auf die andere Seite zu wälzen, das Kopfkissen auf die kühle Seite zu drehen. Sie haben alle Uhren aus ihrem Haus entfernt oder in einen Schrank gesteckt und diesen abgeschlossen. Den Schlüssel in einem Safe versteckt, der sich erst nach 24 Stunden wieder öffnet.

Die Versuchung ist groß.

Es sind nur wenige Schritte bis zu diesem Schrank, es ist ein Kinderspiel, eine Uhr herauszunehmen. Sich im Ziffernblatt zu spiegeln, die dunklen Augenringe zu betrachten, die man seit November hat. Oder die weniger werdenden Haare, die den Spiegel von Tag zu Tag mehr in einen Feind verwandeln.

Man legt die Finger an die feinen Schrauben neben dem Gehäuse und dreht. Man dreht und dreht, manche analogen Uhren geben Geräusche von sich. Nicht laut, eher ein Wispern.

Das Flüstern der Zeit.

Es ist schwer zu verstehen, weil die Uhren rückwärts gedreht werden.

Aus Tick Tack Tick Tack wird so kcaT kciT.

Würden die Zeiger uns etwas zurufen- wir würden es nicht verstehen, sondern weiterdrehen.

Zurück zu diesem einen Moment zwischen zwei kühlen Tagen im August, zwischen denen ziemlich genau ein Jahr liegt.

Du kannst innerhalb der 24 kalten Stunden zu einem Moment innerhalb des Jahres zurück. Du kannst eine Entscheidung rückgängig machen, eine einzige.

Würdest du es machen?

Jahr für Jahr dieselbe Frage, oder die Entscheidung, die wahre Frage ist: Was passiert, wenn ich zustimme? Wenn ich die Uhr zurückdrehe, wenn ich mich umentscheide?

Der Grat zwischen Chance und Verderben ist schmaler als der Sekundenzeiger. Aber beide bewegen sich stetig und unaufhaltsam.

Eine Entscheidung ist keine Strecke, keine Gerade, die Punkt A mit Punkt B verbindet, sie schwankt wie eine Alge unter Wasser. Sie biegen sich und winden sich, je nachdem, in welche Richtung sie der Strom gerade zieht. Und manchmal werden sie aus dem Boden gerissen, sowie manche Lebenswege über den Haufen geschmissen werden.

Willst du wirklich zurück und die Sackgasse erweitern?

Du kannst dich verrennen, stolpern.

Hier weißt du wenigstens wo du bist. Du bist an einem festen Ort mit einer Uhr in der Hand, einer altmodischen Armband- oder Taschenuhr. Und du drehst und drehst und drehst.

Wenn du das Knöpfchen wieder reindrückst, weißt du nicht wo du rauskommen wirst. Vielleicht dort wo du schon immer sein wolltest, vielleicht aber auch am gegenteiligen Ort.

So viele Fragen an eine kleine Uhr.

Die Standuhr im Wohnzimmer schlägt Ein Uhr, Zwei Uhr, Drei Uhr und zwölf Stunden später das gleiche. Der dicke Stundenzeiger hat das Ziffernblatt einmal umrundet, mehrere Male angeschlagen. Du hast nichts gemacht außer auf dem Stuhl am Esstisch zu sitzen, die Hände an einer längst abgekühlten Kaffeetasse wärmend.

Wirst du an dem Rad drehen oder wird die Uhr Mitternacht schlagen, die Taschenuhr in deiner Hand, das Rädchen herausgezogen, doch dein Kopf ist auf die Tischplatte gesunken, deine Finger haben nicht mehr die Kraft, die Zeit zu verstellen.

Viele Menschen lieben Uhren. Sie sind wunderbar konstant, ihr Ticken klingt immer gleich, in der Theorie vergeht die Zeit gemäß diesem Geräusch auch gleich schnell.

Das lässt sich aber widerlegen, wenn man verschiedenen Aktivitäten eine gleiche Zeitspanne lang nachgeht.

Alles, was unter das Substantiv „Liebe" fällt und damit assoziiert wird, sei es Arbeit oder Zeit mit Nahestehenden, vergeht rasch. Zu rasch meistens. Eben füllt gemeinsames Lachen den Raum, plötzlich sind es einsame Tränen. Es ist ein Rausch.

Anders sieht es aus, wenn man die Zeit auf einem durchgescheuerten Bürostuhl verbringt oder wie an diesem Tag stundenlang auf die Zeiger starrt.

Beinahe spöttisch rückt der Sekundenzeiger voran, wie angestrengt er darauf aufmerksam machen will, dass mit jeder Sekunde eine Sekunde der 24 Entscheidungsstunden wegfällt.

Es kann doch nicht so schwer sein, eine Entscheidung zu treffen, wird in den Pubs gesagt, in den Bürokomplexen, selbst auf den Liegewiesen des Freibads.

Jedes Jahr aufs Neue, besonders im warmen Juli. Und dennoch sitzen sie alle vor ihren Uhren.

Für diejenigen, die in jenen akribischen Statisten ihren Erzfeind gefunden haben, ist es besonders schlimm.

Jemand, der sich von gesellschaftlichen Normen und Regeln nichts sagen lassen will wird von einem kaum einen Millimeter dicken Zeiger kontrolliert. Einen, den sie sonst so stolz ignorieren, Dunkelheit und Sonnenstrahlen sind schon einengend genug. Es sind die Starrsinnigen, die erstmals Kerzen aufstellten und später Glühbirnen in die Häuser brachten, um die Dunkelheit auszusperren, die nun den herrischen Runden der Zeiger entkommen wollen. Keine leichte Aufgabe in einer Welt, die getaktet ist wie ein Uhrwerk, verspätet sich ein Zug, werden sich drei andere auch verspäten, Leute werden zu spät zu Terminen erscheinen, Projekte können nicht beendet werden. Klemmt ein Rädchen, steht die ganze Uhr.

Wenn wir zurückgehen, können wir die Verklemmung lösen, die Uhr geht ihrer Aufgabe weiter nach. Oder es wird sich weiterverklemmen, bis das Gehäuse auseinanderbricht. Wir können nichts tun, außer die Einzelteile aufzusammeln und bis zum nächsten kühlen Tag im August zu warten, an dem wir eine andere Entscheidung treffen können. Zeit ist machtvoll und wird dann gefährlich, wenn man sie kontrollieren kann.

Wenn es August wird, wirst du an dem kleinen Rädchen drehen, Zeiger und Zeit verschieben?

Nadine Flüß

Sommer

Jasmin lief durch die vollen Straßen der Kölner Südstadt. Die Sonne brannte auf ihrer Haut. Seit zwei Wochen war das Thermometer tagsüber nicht unter 28 Grad gefallen, und auch nachts wurde es nicht kühler als 20 Grad. In den engen Straßen Kölns mit ihren vielen versiegelten Flächen war die Hitze unerträglich und man freute sich über jeden Windhauch. In solchen Wochen suchten die meisten Kölner Zuflucht am Rhein oder im Grüngürtel, einem langen Grünstreifen, der sich um die Kölner Innenstadt zog, denn dort war die Hitze wenigstens etwas erträglicher.

Sie versuchte, so langsam wie möglich zu gehen und jeden Schatten zu nutzen, den die Gebäude auf den Bürgersteig warfen. Auf keinen Fall wollte sie verschwitzt bei ihrem Date ankommen, zu dem sie unterwegs war. Jasmins lange blonde Locken klebten ihr wegen der Hitze im Nacken. Sie ärgerte sich, dass sie ihre Haare offen gelassen hatte. Sie nahm es hoch und schob es über ihre rechte Schulter, um etwas Luft an ihren Nacken zu lassen. Immer wieder schaute sie auf die Uhr, um sicher zu gehen, dass sie nicht zu spät kam. Sie überlegte, ob sie mit der Bahn fahren sollte, um vielleicht weniger zu schwitzen, aber da die Klimaanlagen in den Bahnen selten funktionierten, würde es dort wahrscheinlich noch schlimmer sein. Außerdem war sie furchtbar nervös und ihr

Herz raste, was nicht gerade dazu beitrug, dass sie weniger schwitzte.

Seit über 10 Jahren hatte sie kein Date mehr gehabt. Ihren letzten Freund Maik hatte sie in der Schule kennengelernt und war sich sicher gewesen, dass sie irgendwann heiraten würden. Doch nach acht Jahren Beziehung hatte Maik vor zwei Jahren plötzlich Schluss gemacht. Er hatte etwas von „noch nicht bereit. Und er wollte nie dort enden, wo sie jetzt waren" gestammelt und war einfach gegangen. Sie hatten zusammen in einem Haus in der Kleinstadt gelebt, in der sie beide aufgewachsen waren. Beide hatten dort einen festen Job und alle ihre Freunde und Bekannten lebten dort. Es gab nie einen Grund wegzuziehen. Aber Maik hatte sich dort wohl nie wohl gefühlt. Nachdem er mit ihr Schluss gemacht hatte, kündigte er seinen Job und ging auf Reisen. Jasmin fragte sich immer noch, warum er nie mit ihr darüber gesprochen hatte, dass er so unglücklich war. Sie hätten doch zusammen verreisen können. Aber damals war sie zu geschockt, um ihm etwas zu sagen. Eines Abends kam sie nach Hause und er saß mit gepackten Koffern im Flur. Nachdem er ihr gesagt hatte, dass er sie verlassen würde, verließ er das Haus und sie hörte nie wieder etwas von ihm. Natürlich hatten sie gemeinsame Freunde, von denen sie ab und zu erfuhr, wo er sich aufhielt. Aber sie rief er nie an oder schrieb auch nur eine Nachricht. Am Anfang hatte sie noch Hoffnung gehabt, dass er nach ein, zwei Wochen zur Vernunft kommen und wieder zu Hause auftauchen würde. Doch nichts von alledem geschah.

Das war genau im Sommer vor zwei Jahren gewesen. Jasmin blieb noch ein Jahr im gemeinsamen Haus und zog dann nach Köln. Sie konnte viel von zu Hause aus arbeiten, so dass sich der Umzug gut mit ihrem Job vereinbaren ließ. Es hatte lange gedauert, bis sie über Maik hinweg war, und sie war es immer noch nicht ganz. Aber die neue Stadt und die neuen Leute taten ihr gut. Letzte Woche hatte sie dann beschlossen, dass es wieder Zeit für ein Date war. Also hatte sie sich die Dating-App Bumble heruntergeladen und war nun auf dem Weg zu ihrem ersten Date mit Marcel. Er war wie sie sportlich und ging gerne joggen. Er arbeitete im Vertrieb, sie im Marketing. Er hat kurze braune Haare und ein sympathisches Lächeln. Trotzdem war Jasmin sehr nervös. Was sollte sie tun, wenn er unverschämt wurde? Konnte sie dann einfach gehen? Sie hatten sich in einem Café auf der Aachener Straße verabredet. Würde er sie sofort umarmen wollen oder würden sie sich erst die Hand geben? So viele Gedanken gingen ihr durch den Kopf. Aber sie ermunterte sich, positiv zu denken. Er würde bestimmt nett sein. Aber so leicht ließen sich ihre Gedanken nicht abschalten. Was, wenn er sie zum Abschied küssen wollte? Und wenn er sie zu sich nach Hause einlud? Sollte sie dann mitgehen? Sie hatte wirklich keine Ahnung, wie die Datingwelt heutzutage aussah. Mit Maik war sie in eine Klasse gegangen und dann waren sie einfach zusammen gewesen. Ein richtiges Date oder so etwas hatte es zwischen ihnen damals nicht gegeben.

Sie erreichte den Rudolfplatz und bog in die Aachener Straße ein. Sie versuchte, unauffällig an ihren Achselhöhlen zu riechen und hoffte, dass sie nicht durch den Schweiß stinken würde. Erleichtert stellte sie fest, dass sie nur den Geruch ihres Parfüms wahrnahm. Sie blickte auf und sah Marcel schon von weitem vor dem verabredeten Café stehen und auf sein Handy schauen. Die andere Hand hatte er lässig in der Hosentasche. Er sah gut aus, war groß und hatte einen Stil, der ihr gefiel. Nicht zu schick, aber schick genug für einen Sommertag in einem Café. Er trug ein Poloshirt und eine Stoffhose, die locker saß. Sie hoffte, dass er jetzt nicht hochsehen würde. Wenn doch, würden sie sich noch unangenehm lange anschauen müssen, bis sie ihn endlich erreicht hatte. Da schaute er doch auf und ein Lächeln breitete sich auf seinem Gesicht aus. Aber er löste die Situation geschickt und ging einfach ein paar Schritte auf sie zu, so dass der Moment nicht peinlich wurde. Gerade als er sie erreicht hatte, öffnete er die Arme, umarmte sie leicht und stellte sich noch einmal vor, obwohl sie sich natürlich schon über die App ausgetauscht hatten. „Hallo, ich bin Marcel, schön dich kennenzulernen, dein Kleid steht dir wirklich sehr gut." Seine Umarmung war gar nicht unangenehm. Sie war nicht zu lang und auch nicht zu schüchtern. Er schien ein selbstbewusster Mann zu sein. Sie schaute in seine schönen blauen Augen und bedankte sich. Dann drehte er sich um und ging an ihrer Seite zurück zum Café. In den ersten Minuten war Jasmin noch nervös, aber seine lockere und positive Art ließ sie schnell auftauen. Sie unterhielten sich über ihre Arbeit und ihre Hobbys. Während des ganzen Gesprächs gab es keine Pause. Zum Abschied umarmte er sie noch einmal und sagte, dass er sie gerne wiedersehen würde.

Alles in allem war es ein gutes Date und Jasmin ging glücklich nach Hause und freute sich, endlich duschen zu können. In den nächsten Wochen gingen sie noch zweimal aus. Doch es stellte sich immer mehr heraus, dass sie sich zwar gut verstanden, es aber nicht mehr werden würde. Für Jasmin war das aber kein Rückschlag. Sie war froh, diesen Schritt gewagt zu haben und wer weiß, vielleicht würde sie beim nächsten Mal jemanden treffen, der ihr besser gefiel. Auf jeden Fall freute sie sich auf den Sommer in Köln. Sie war sich sicher, dass sie nun in eine glückliche Zukunft ohne Maik starten konnte, ob diese nun in diesem oder erst im nächsten Sommer beginnen würde, das wusste Jasmin noch nicht, aber den ersten Schritt hatte sie getan.

Anna Fock

Balkan-Sommer ohne dich, liebe Mina

Die ganze Zeit spielt das Lied Kënga ime in meinem Kopf. Das albanische Liebeslied, das wir immer zusammen gehört haben und dessen Text ich nie verstanden habe. Unser Lied. Die Melodie der Gitarre passt zur Landschaft hier - sanfte, trockene Hügel und Felder - und lässt mich dich noch mehr vermissen, liebe Mina, denn wir waren doch unzertrennlich. Beste Freundinnen, doch leider habe nur ich es bis zu meinem 17. Geburtstag geschafft und du nur fast. Wir waren so unterschiedlich, ich schüchtern und zurückhaltend und du abenteuerlustig und wild. Ich dunkelblond, das Haar zu zwei Zöpfen geflochten und du mit deiner dunklen Mähne. Wie ein Löwe, so wie dein Sternzeichen. Fast zwei Jahre ist es nun her, dass du tot bist und manchmal finde ich es unfair, dass ich leben darf, während du unter der Erde schlummerst. Die Nachricht von deinem Unfall kam plötzlich. Ein Autofahrer hat dich erwischt, als du mit dem Fahrrad durch die Stadt unterwegs warst. Erst gab es noch Hoffnungen, aber die Ärzte im Krankenhaus konnten dich nicht retten. Ich war noch neben dir am Bett gesessen und habe deine Hand ein letztes Mal gehalten. Ich wollte es nicht glauben, doch dann warst du einfach weg. Wir wollten immer zusammen in den Balkan - die alljährliche Reise mit unseren Eltern und Geschwistern zu zweit machen - nach dem Abi - und nun laufe ich alleine durch die Straßen von

Shkodër. Du hast noch Verwandte hier und obwohl sie mich herzlich mit einem Riesenaufgebot an Speisen empfangen würden, bringe ich es nicht übers Herz, sie zu besuchen. Wir haben immer die ersten Tage bei deinen Verwandten übernachtet und sind dann mit dem Auto weitergezogen, haben die albanischen Alpen, den Strand Plazhi i Velipojës oder den Ohridsee besucht. In Shkodër kann man deine Anwesenheit noch spüren. Oben an der Burg haben wir mit anderen Kindern gespielt, in der Innenstadt hast du dich um die Straßenhunde gekümmert und im Jahr vor deinem Tod sind wir, nachdem du meine Haare zu Zöpfen geflochten hast, zusammen mit dem Fahrrad durch die Stadt gefahren. Du hattest zahlreiche Freunde in Shkodër, obwohl du auch nur einmal im Jahr dort warst, aber mir war die Zeit mit dir alleine am liebsten. Nach deinem Tod hatte ich ein Fotoalbum mit Bildern von dir gemacht und es tat weh, unsere lachenden Gesichter vor dem Hintergrund der Ruinen der Burg Rozafa zu sehen. Weißt du noch, als du mit einem Stock in der Hand wie ein Ritter auf die hohe Mauer geklettert bist? Einer der Ziegelsteine war schon lose. Du hast mich überredet auch nach oben zu kommen wegen der Aussicht. Bei mir ist der Ziegel dann herausgebrochen und ich bin in einer Pfütze aus Matsch gelandet. Lachend über das Missgeschick bist du ebenfalls in die Pfütze gesprungen, aber um einiges eleganter, und am Ende waren wir braun wie die Schweine und Mama schimpfte ein bisschen. Ein anderes Mal haben wir uns hier vor den Eltern versteckt. Es gab ein kleines Loch in den Felsen, gerade einmal so breit, dass zwei Kinder wie wir hineinpassten. Unsere Eltern haben uns stundenlang gesucht, bis Elias, dein Bruder, uns schließlich gefunden hat. Jahre später haben wir uns von deinen Verwandten weg geschlichen und saßen mit unserer ersten Flasche Raki auf der Mauer, die absolut scheußlich schmeckte. „Wieso tun sich Leute das freiwillig an?", fragte ich. „Um lustiger zu werden", meintest du und schnittest eine Grimasse. Wir bewerteten die vorbeikommenden Jungs auf einer Skala von 1-10 und bei jeder 10 fragtest du den Jungen, ob er wohl schneller auf die Mauer klettern konnte als du und du gewannst jedes Mal. Einen Jungen, den ich attraktiv fand, fragtest du für mich erfolgreich nach seiner Nummer und ich wäre am liebsten im Boden versunken und habe ihm dann nie geschrieben.

Nachts im günstigen Hotel träumte ich von uns und den alten Geschichten. Wegen dir haben wir einmal die Schule geschwänzt und waren stattdessen in der Cafeteria, wo uns eine Lehrerin erwischte. Das war kurz vor dem Sommer und dem Aufbruch in den Balkan und dir war es egal, während mir fast das Herz in die Hose rutschte.

Ich schlief unruhig und wachte mehrmals auf. Die Erinnerungen waren schön und schmerzhaft zugleich. Als ich wieder in den Schlaf fiel, träumte ich davon, wie wir an der Burg auf einer Wiese neben einer Mauer mit einem Fenster eine Schatztruhe verbuddelten, was wegen der Leute gar nicht so leicht war. Danach rannten wir zum Turm mit der Landesflagge und taten, als hätten wir sie gehisst. Im Traum wünschte ich mich zurück in jenen Sommer. Und da schreckte ich aus dem Schlaf und wusste plötzlich, was ich tun musste. Die Truhe. Sie musste noch an der Burg verbuddelt sein. Noch in den frühen Morgenstunden machte ich mich auf den Weg. Ich versuchte, mich in Gedanken an den genauen Ort zu erinnern und fing an zu buddeln.

Nichts ...

Was ich hier beim Buddeln für ein Bild abgeben musste... Früher hätte ich mich sowas nie getraut, wahrscheinlich war ein bisschen von deinem Mut auf mich abgefärbt. Nach ein paar Stunden gab ich auf und legte mich verschwitzt ins Gras und schaute in den Himmel. Die Wolken formten sich zu Rittern und Drachen, dieselben Bilder hatten wir früher auch gesehen. Ich schloss die Augen und träumte vor mich hin. „Julia", vernahm ich eine Stimme im Traum. „Julia", wisperte es wieder, diesmal ein wenig lauter. „Julia, bist du das?" Ich schlug meine Augen auf und Elias stand vor mir. Was für ein Zufall. „Mina ...", murmelte ich und wir fielen uns schweigend in die Arme. Wie hübsch er geworden war, in den zwei Jahren, in denen wir uns nicht gesehen hatten. Und was für starke Arme er hatte. Elias besuchte diesen Sommer wie gewohnt seine Verwandten, auch ohne Mina. Die nächsten Stunden redeten wir ununterbrochen über Mina, lachten und weinten. „Elias, weißt du noch als wir an diesem heißen Augusttag bei euren Verwandten im Garten saßen und gegrillt haben? Dein Onkel Artan hat wieder davon erzählt wie es nach dem Fall des Kommunismus plötzlich Coca-Cola und Jeans gab und Mina, die die Geschichte schon 1000 Mal gehört hatte, ist einfach aufgestanden und gegangen."

„Ja, ich erinnere mich. So verdutzt hatte ich Onkel Artan noch nie gesehen."

Dann erzählte ich Elias von meinem Traum und der Schatztruhe und gemeinsam buddelten wir weiter. Als die Schaufel auf etwas Hartes stieß, jubelte ich innerlich. Sie war noch da. Wir hatten die Truhe gefunden.

Elias besorgte eine Flasche Raki und wir stießen an: auf Mina, auf meine Freundschaft mit ihr, seine Geschwisterliebe und unsere Entdeckung. „Kannst du das Lied Kënga ime anmachen?", fragte ich und er spielte es ab. Nach einem Moment des Schweigens öffneten wir die staubige Schatztruhe: eine Freundschaftskette mit Herz und den Namen Mina und Julia. Das letzte Puzzleteil von einem Puzzle, das wir gemeinsam gelöst hatten. Eine Füllerpatrone mit ganz vielen Kügelchen, die damals jeder gesammelt hatte. Ein selbst geflochtenes Freundschaftsbändchen. Ein paar vergilbte Fotos von uns beim Spielen und Eis essen. Und ein Tagebuch, das ich gar nicht kannte und gespannt aufschlug. Sie musste die Truhe nochmal ausgegraben und das Tagebuch nachträglich hineingelegt haben. Samstag, der 25.08.2018. Ich wartete, bis meine Eltern und Julia eingeschlafen sind, um mich aus dem Haus zu schleichen und Tristan zu treffen. Gebannt folgten Elias und ich den geschwungenen Linien ihrer Schrift. Sie hatte ihn also erlebt, ihren ersten Kuss. Wieso konntest du mir sowas nicht erzählen? „Typisch Mina", fluchte ich und verdrehte dabei die Augen. Ich blätterte weiter zur letzten Seite mit dem Datum 19.08.2019 und dort stand als letzter Satz: Ich hoffe Julia und ich werden für immer beste Freundinnen bleiben. Für die Ewigkeit. Ich war gerührt. Du bist viel zu früh von uns gegangen. Ich werde leben, Mina. Für uns beide. Und die Erinnerung an dich weitertragen.
Elias legte mir die Kette um, ich nahm seine Hand und wir gingen mit der Truhe zu seinen Verwandten, um ihnen die Fundstücke zu zeigen. Das Tagebuch aber blieb unser Geheimnis.

Rene Gatterer

Sommerabend

Es war ein lauwarmer Sommerabend, an dem Manuel durch die belebten Straßen Wiens spazierte. Sorgenfrei schlenderte er durch die Stadt und erfreute sich seinen jungen, unbeschwerten Lebens. Die Abendröte färbte den Himmel zu einem goldenen Schweif, welcher behutsam über den Wohndächern der Altstadt ruhte. Eine warme Brise wehte über den Bürgersteig und zauberte dem jungen Mann ein breites Lächeln ins Gesicht. Es war Freitagabend und das bedeutete nicht nur, dass eine weitere Arbeitswoche in der Industriefabrik ihr langersehntes Ende fand, sondern auch, dass heute ein Rendezvous mit seiner Freundin Rebecca anstand. Seit einer Woche wartete er darauf seine neu gewonnene Liebe auszuführen, und immer wenn er an ihre eisblauen Augen dachte, wie sie ihm in Schein der Kerzen entgegen schimmerten, machte sein Herz Freudensprünge und loderte sehnsüchtig einem Wiedersehen entgegen. Für einen solch besonderen Anlass suchte er sogar den ersten Bezirk auf, um sich von einem der besten Friseursaloons der Stadt, für einen stolzen Preis von siebzig Euro, die Mähne zu bändigen, und sein Haar so schneiden zu lassen, wie es nur die Filmstars trugen. Der nächste Abstecher brachte ihn in eine Modefiliale, deren Name ihn an eine Weinsorte aus Italien erinnerte, ein edler Tropfen, nicht dieser billige Fusel von Tankstelle nahe dem Westbahnhof. Der Verkäufer schien sich gut auszukennen und hatte eine Ahnung von seinem Handwerk. Er verwandelte Manuel, einen kleinen bescheidenen Fließbandarbeiter, in eine erfolgreiche Person der Oberschicht, welche genauso gut ein Banker oder Immobilienhai sein konnte. Ein hellblaues Hemd, welches den Charme jungen Eifers und Ehrgeiz versprühte, sodass sich bereits die ersten Gesichter nach ihm umdrehten. Und dazu eine dunkle Jeans, gepaart mit mocca-farbenen Anzugschuhen, die funkelten, als wären sie gerade frisch poliert worden und dafür sorgten, dass Manuel auf Wolke sieben über den Bürgersteig schwebte. Ein junger Mann mit zielstrebigem Blick und einem Funkeln in den Augen, welches bereits erahnen ließ, dass er nicht nur auf ein paar Späßchen oder eine Nacht aus war. Es war ihm todernst seiner Herzensdame die Welt zu Füßen zu legen und so zog er alle Register und beschloss sie heute Abend mit einem Strauß Blumen zu überraschen. Er befand sich gerade in der Schillergasse, an der Kreuzung zur Königsbrunner-Allee, als ihm dieser kleine Blumenladen neben der Bäckerei ins Auge fiel. Kaum größer als die Theke einer Eisdiele, aber Lilien, Narzissen sowie ein paar Rosen ragten voller Ehrfurcht und Schönheit in die Luft und warteten auf ihren neuen Besitzer, während sie dem süßen Duft einer Eisdiele nicht ganz unähnlich waren. Der süße Duft junger Liebe lag in der Luft und lockte Manuel durch die Fußgängerzone, bis er vor dem Laden stand und sein Blick über die Blumen streifte.

„Na mein Junge, was soll´s denn sein?", fragte ihn der alte Mann mit kratziger Stimme, welcher hinter dem Tresen stand.

„Könnten Sie mir einen Strauß Blumen für meine Freundin zurechtmachen? Wir haben heute Abend eine Verabredung und ich möchte sie überraschen", antwortete Manuel.

„Nichts leichter als das, ich nehme von allen zwei, dann noch ein bisschen Grünzeug dazwischen und fertig ist das gute Stück", sagte der alte Mann räuspernd und begann zu lachen.

„Danke, Sie können sich gar nicht vorstellen wie sehr sie sich freuen wird."

„Bei deinem breiten Grinsen kann ich mir schon einiges vorstellen mein Junge", antwortete der Verkäufer, worauf beide in ein herzhaftes Gelächter ausbrachen.

„Das wären dann fünfundfünfzig Euro, der Herr", sagte der Mann mit einem Lächeln, welches dem seinen schon beinahe Konkurrenz machte. Manuel zog drei Zwanzig-Euro-Scheine aus seiner Hemdtasche und überreichte dem guten Mann sein Geld.

„Der Rest ist für Sie, danke."

„Ich danke Ihnen, und viel Erfolg heut Nacht", antwortete der Mann, worauf Manuel der Abendsonne entgegen spazierte, welche still und heimlich am Horizont verschwand, während die Dämmerung anbrach und langsam die letzten Sonnenstrahlen im glühenden Schimmer verblassten. Umhüllt von der Finsternis der Nacht flackerten die Straßenlaternen in Reih und Glied neben dem schwarzen Teer der Straße entlang und führten Manuel zur Wohnung von Rebecca. Als er am altbackenen Gebäude ankam und hinauf in den dritten Stock blickte, sah er im Schlafzimmer ein Licht brennen. Sie schien sich gerade fertig zu machen, er stolzierte über die Eingangstreppe in den Wohnblock und schlenderte über das Treppenhaus hinauf zu ihrer Wohnungstür. Ein schmaler Gang, führte ihn unter dem trüben Schein einer Glühbirne an den

Wohnungstüren vorbei, bis er an der Tür Nummer dreizehn ankam. Oh, wie sein Herz pochte, er konnte die harmonischen Klänge einer Jazz-Band hören, die gerade durch ihre Stereo-Anlage strömten und rhythmisch mit seinem Herz klopften, bis sie mit dem Läuten der Klingel leiser wurden und er ihre Fußschritte hören konnte.

Einen Moment später öffnete sich die Tür und als Rebecca sah, wer vor ihr stand, weiteten sich ihre Augen. Nicht vor Freude, es war die Angst die sie beinahe lähmte, bevor das erste Wort ihre Lippen verließ.

„Manuel, was machst du hier?", fragte sie stotternd. „Du musst dich an die einstweilige Verfügung halten. Das mit uns ist seit zwei Jahren aus. Hör endlich auf mich zu stalken, du Spinner!"

Und in Sekundenschnelle schoss ihm die Tür entgegen, bis sie zum Stillstand kam, als sie auf seinen mocca-farbenen Anzugsschuh traf und im selben Moment befand er sich bereits in ihrer Wohnung. Er packte sie am Arm und als sie versuchte sich zu wehren, zog er einen kleinen spitzen Schlitzschraubendreher aus seiner Gesäßtasche. Ihre Augen blickten in die seinen, worauf Stiche in ihren Hals folgten, die sich anfühlten wie ein Schwarm wild gewordener Hornissen. Verblüfft blickte er auf seine in Blut gebadeten Hände als er wieder zu sich fand, doch als er sich umsah war sein Schatz bereits verschwunden.

Doch das war ihm egal, sie konnte noch so oft ihre Wohnung, den Bezirk oder die Stadt wechseln. Früher oder später würde er sie finden und ihre Liebe wieder aufblühen lassen. Mit blutbefleckten Händen und einem leidenden Herz spazierte Manuel an jenem Sommerabend die Straßen entlang und wartete auf seine Geliebte, oder

war es nun vorbei und alles was blieb war die Erinnerung?

Rosemarie Guhl

Sommermeer

Nordsee – Wattenmeer.
Ebbe und Flut beim Spiel mit dem Mond,
das Festland wartet schon auf das Wasser,
ein früher Sommerabend.

Die Sonne bereitet sich vor als roter Ball zu ver-
    sinken,
der Sand noch warm vom Tag.
Das Wasser nähert sich dem Stand,
Es hat diesmal eine neue Variante bereit.

Kommt, langsam und lautlos, fast schleichend,
und doch weiß es wie es den Strand erobern
    kann.
Diesmal legt es sich wie ein zartes Tuch über den
    Wattboden,
weckt kein Tier, überzieht den Boden wie ein
    Glas,

die Wassertropfen sinken wie ein Vorhang hernie-
    der.
So sanft wie manchmal Schneeflocken fallen,
werden vom Watt liebevoll empfangen.
Der Vorgang ist still, kein Plätschern - es ge-
    schieht.

Die Luft bewegt sich nicht ist klar,
die Vögel genießen die Stille,
Das Gleichmäßige hüllt ein, lässt sich ins Haus
    tragen,
ist Schutz für die Nacht.

Irena Habalik

Von den Wünschen im Sommer

Der Sommer riecht nach durstigen Vögeln
riecht nach uns, schwitzt
wir sitzen auf dem Sofa, füllen Zettel
mit den Wünschen aus, die wir dann aufhängen
werden an den Weihnachtsbaum der Stadt
Wir wünschen, dass uns Bärte wachsen
bis zu den Brüsten und auf den Brüsten
sich schwarze Haare im Mondschein spiegeln
Auf dem Sofa bequem liegend wünschen wir
Höhepunkte zu haben
ohne die Haut aneinander reiben zu müssen
Als Verrückte wollen wir in einem Turm
wohnen und den Regen wünschen wir
nach alten Regeln des Sommers
Inzwischen füllen wir Behälter
mit der Hitze aus, stecken die Köpfe
in den Sand, den vorgekühlten
wir stellen fest, dass wir faul sind, matt
und wir frieren die Wünsche ein

Nicole Hahn

Licht über dem Wasser

Sie schlug mit ihrem grazilen Körper gegen die Wellen des tiefblauen Meeres.

Sie wusste nicht, wie lange sie geschwommen war. Es kam Sophie jedenfalls wie eine Ewigkeit vor. Langsam wurde es Zeit, das kühle Nass wieder zu verlassen und an den Strand zu schwimmen. Schwimmflossen brauchte sie keine. Sophie war eine ausgezeichnete Schwimmerin, schon zu Schulzeiten. Bei den Bundesjugendspielen hatte Sophie nicht nur einmal den ersten Platz erreicht und sich eine Ehrenmedaille geholt. Ihre Sportlehrerin war fasziniert und hellauf begeistert von ihrer Grazie und vollkommenen Schönheit. Mit ihren dunklen, braunen Locken und den großen, haselnussbraunen Augen war Sophie der absolute Star ihrer Klasse und des Schwimmteams gewesen. Die Mädchen, wie auch die Jungs, waren hingerissen von ihrer Anmut und Vollkommenheit.

Auch die Mädchen waren hingerissen von ihrer Linie, ihrer Perfektion und ihrer makellosen Schönheit. Niemand sonst in ihrer Klasse war so ein Ausbund an Fabulosität. Niemands koketter Augenaufschlag wurde so bewundert und bestaunt wie der ihre.

Sophie war der Traum aller Männerherzen, wie sie graziös entlang des hellblauen Sandstrands flanierte. Ihre großen, dunkelbraunen Kulleraugen sahen hinab bis auf die tiefsten Abgründe der menschlichen Seele, egal ob von Männlein oder Weiblein.

Mit einem leichten Schulterzucken und einen kurzen Blick konnte Sophie erkennen, wie es einem erging, ob er sich gerade gut oder schlecht fühlte, ob sein Herz erfüllt war von grenzenloser Freude, tiefer Trauer oder zerreißendem Schmerz.

Sophie war der hellste Stern des dunkelblauen Nachthimmels, sie erhellte ihn mit ihrem Feuer, der Flamme, die auf dem Grund ihrer Seele schlummerte wie ein kleines Baby in den lauen Sommernächten der Toskana.

Und dort hielt Sophie sich gerade auf, in der wunderschönen Toskana.

Ihr war Italien, dieses reizende Land mit seiner vollkommenen Schönheit, ans pulsierende Herz gewachsen. Es schlug vor Aufregung im 5-Minutentakt. Wie war es möglich, dass dieses bezaubernde Land sie so faszinierte, ihr Herz und ihre reine Menschenseele einnahm?

Wie war es möglich, dass seine Magie und die ihr durchaus wohlgesonnenen Leute sie derart in ihren Bann schlugen und sie nicht mehr losließen?

Nein, ihr Herz und ihre Seele hatte Sophie längstens verloren. Verloren an ein Land, dessen Bewohner sie nicht lediglich mit einem feuchten Händedruck, sondern mit geöffneten Armen empfingen.

Nein, ihre schlanken grazilen Arme waren kaum mehr verschränkt, und nicht die leiseste und geringste Spur von Abneigung war an ihnen zu erkennen. Dieses bildschöne Land und seine wachsende Bevölkerung nahmen Sophie mit Würde auf. Ihre Grazie verzauberte auch sie.

Nun denn, es wurde wirklich höchste Zeit für Sophie, an den hellbraunen Sandstrand zu schwimmen. Hier, am Strande der Toskana, legte sie sich auf ihr gestreiftes Badetuch, das sie bei H&M erstanden hatte. Aus den Augenwinkeln erblickte sie eine junge, blonde Frau, die noch viel zierlicher war als Sophie selbst.

Und vom ersten Augenblick an schlug Sophies äußerst pulsierendes Herz für Lena wie die junge Frau hieß, was Sophie später erfahren sollte.

Ueli Hermann

Der Sommer findet morgen statt

Für die vergangenen Sommerferien hatte ich mir Großes vorgenommen. Mein Ferienziel war nicht irgendeine Stadt voller Touristen, nicht einer dieser endlosen Sandstrände, die alle gleich aussehen. Nein, ich wollte etwas Spezielles: Ich wollte den Sommer hier genießen, da wo ich lebe, vor meiner Haustür. Ferien ohne stressiges Reisen, ohne muffige Hotelzimmer und unverständliche Sprachen. Anstelle einer fremden Destination wollte ich für einmal eine fremde Mentalität annehmen. Ich wurde zum Touristen in der eigenen Stadt. Ich konnte es kaum erwarten, mein Wohnzimmer mit der Straße zu tauschen und bereitete mich innerlich schon auf das Leben eines Südländers vor.

Dann war der Tag gekommen, wo mich keine Termine mehr drängten, kein Müssen, keine Verpflichtungen, Freiheit pur. Die Ferienvorbereitungen waren schnell gemacht. Mein erster Ferientag sollte mit einem leichten Frühstück im nahegelegenen Straßencafé beginnen. Als ich in der angenehmen Kühle des Sommermorgens die Gasse hinunterlief, traf ich auf eine Gruppe Touristen, die den Gehsteig blockierten. Sie standen da und sahen dem Chauffeur zu, wie er ihre mächtigen Rollkoffer verstaute. Lieber die als ich, dachte ich, machte einen Bogen um die Gruppe und zwängte mich zwischen Car und Hauswand durch. Die Cafeteria war gut besucht. Mit Glück fand ich draußen noch einen freien Tisch. Ich bestellte einen Cappuccino, ein Croissant und die Tageszeitung. Die Serviererin, sie war wohl eine Aushilfe, brachte zuerst die Menükarte anstelle der Tageszeitung. Deutsch ist nicht einfach, aber sie war sehr freundlich. Ich genoss das knusprige Croissant und hatte fast ein bisschen Mitleid mit meinen Bürokolleginnen und -kollegen, die bei diesem schönen Wetter arbeiten mussten.

Der Start wäre perfekt gewesen, wenn diese lästigen Fliegen nicht gewesen wären. Entweder saßen sie auf meinem Teller, oder kitzelten mein Gesicht. Ich war das Leben im Freien einfach nicht mehr gewohnt. Ich legte die Zeitung zur Seite und rief die Bedienung. Sie hatte mir falsch herausgegeben, aber es tat ihr aufrichtig leid, das sah man.

Frisch gestärkt und gleichzeitig hungrig auf die ersten Sommererlebnisse schlenderte ich durch die Gassen, nahm mir Zeit, die Fassaden zu betrachten, entdeckte Verzierungen und Fresken, die ich noch nie gesehen hatte und verließ die Stadt beim unteren Tor. Ich wollte durch die Felder wandern, wo der Sommer mit seiner reichen Ernte wartete und die Lerche mit munterem Gesang über dem sich wellenden Kornfeld kreiste. Als ich näherkam, waren vom Kornfeld nur noch Stoppeln übrig. Jaja, der Sommer hatte schon einige Wochen auf dem Buckel. Ich setzte mich mit einem Grashalm im Mund unter einen Baum und schaute im Halbschatten den Krähen zu, wie sie sich um einen Happen stritten. Die Lerche war von weitem zu hören, Schwalben zogen ihre Runden am Himmel, wohltuende, ländliche Ruhe. Irgendwann schlief ich ein und als ich erwachte, war der Halbschatten der Sonne gewichen und mein Gesicht brannte wie Feuer. Ich nahm den letzten Schluck aus der

Wasserflasche und wollte in Zukunft mehr auf den Sonnenschutz achten.

Nun kam der Höhepunkt des Tages: Ein Sprung ins kühle Nass! Bis zum Schwimmbad war es nicht mehr weit. Ich schlug den Rucksack über die Schulter und beeilte mich, möglichst schnell Schatten zu finden.

Schon in der Warteschlange vor der Kasse hörte man das Gekreische badender Kinder. Die Anlage war offensichtlich gut besucht. Vor mir fing ein Kind an zu weinen, weil seine Eiskugel auf den Boden gefallen war. Der Lärm, die Hitze, das war zu viel für mich. Ich vergaß für einen Moment die südländische, kinderliebende Mentalität und entschied, das Ganze auf den nächsten Morgen zu verschieben, dann würden bestimmt weniger Leute da sein. Ich machte mich wieder auf den Weg zurück in die Altstadt, vorbei an Kleiderständern, Dönerbuden und Asiaten mit Selfie Sticks.

Hey, ist das nicht Daniel? Klar. „Daniel! Welche Überraschung."

„Hallo"

„Schön, dich zu sehen. Das ist Sommer, man trifft sich auf der Straße! Wie geht es dir?"

„Tut mir leid, ich bin ziemlich in Eile, weißt du."

„Dann ein andermal?"

„Ja klar."

Ich sah mich um und überlegte mir, was ich als nächstes tun könnte. Dabei spürte ich, wie das Verlangen nach Essen langsam stärker wurde als der Hunger nach Sommer. Doch dann kam mir die geniale Idee, beides miteinander zu verbinden, ich machte mich auf zur *Pizzeria Alfredo*.

Aha, wir sind nicht in Italien, auf dem Schild mit der Ramazotti-Werbung stand: *Montags geschlossen*, und das während der Saison. Ich überlegte mir einen Plan B und kaufte im Supermarkt ein Abendessen, um es dann auf dem Platz beim Vennerbrunnen einzunehmen. Zum Kochen hatte ich keine Lust, also musste es etwas Fertiges sein. Die Auswahl war nicht mehr groß, ich nahm einen Wurstsalat, dazu ein Glas Taggiasca-Oliven und eine Flasche Valpolicella, wenn schon Dolce Vita, dann richtig.

Mit Gläser und Besteck von Zuhause ausgerüstet, setzte ich mich auf die Bank neben dem Brunnen und packte mein Picknick aus. Die Oliven, den Wein und die Gläser stellte ich auf den Brunnenrand, fein säuberlich auf eine weiße Papierserviette, das war mein Lockvogel. Es würde bestimmt nicht lange dauern, bis Leute vorbeikämen für einen kurzen Schwatz und ich denen ein Glas Wein offerieren könnte. Es sollte eine gesellige Runde werden, unkompliziert, nach südländischem Vorbild. Das Wetter stimmte, die Kulisse mit den historischen Häusern ebenfalls und zusammen mit dem Wasser im Brunnentrog entstand ein Hauch mediterraner Stimmung. Nun fühlte ich mich vollends als Südländer und ließ mich überraschen, was alles auf mich zukommen würde.

Die größte Überraschung war, dass nicht viel geschah. Ab und zu kam jemand vorbei, mit Hund oder Kinderwagen, meistens mit beidem. Dann eine Joggerin mit tanzendem Pferdeschwanz und schließlich ein alter Mann, der leicht schwankend, mit kratzender Stimme vor sich her sang: „Wie mein Ahnl zwanzig Jahr …" Niemand blieb auch nur einen kurzen Moment stehen oder schenkte mir ein freundliches Lächeln. Im Gegenteil, die Joggerin sah mich an, als ob sie sich für mich schämen würde.

Mittlerweile schlug es acht Uhr vom Kirchturm. Die Gassen lehrten sich, die Jungen waren noch nicht unterwegs und die Alten saßen vor ihren Fernsehern. Es war sinnlos, noch länger auf Gesellschaft zu warten. Ich hatte mir das schon etwas anders vorgestellt. Leicht enttäuscht räumte ich meine Auslage zusammen. Doch kaum in der Wohnung zurück, kam wieder die Sehnsucht auf, die Sehnsucht nach Sommer, auf unbeschwertes Leben im Freien, auf spontane Begegnungen, auf Wärme und Geselligkeit. Ich hatte eine klare Vorstellung was Sommer ist und so wollte ich ihn erleben.
Am nächsten Tag. Dann würde es richtig Sommer werden.

Pit Hoinkis

So viel Sommerglück!

Sommer, Sonne,
eine Wonne!
gute Laune,
selbst ich staune!
kühles Nass,
Badespaß!
Blumen sprießen,
Eis genießen!
sattes Grün,
Charme versprüh'n!
ohne Frust,
voller Lust!
verliebte Pärchen,
Sommermärchen!
jeder Tag,
wie ich ihn mag!
Stück für Stück,
so viel Glück!

Petra Humpe

Wenn Gerda sturmfrei hat ...

Pünktlich um sieben schloss Gerda die schwere hölzerne Haustür auf. Sie betrat die Jugendstilvilla und hängte ihren hellen Sommermantel und die graue Handtasche aus Kunstleder in der eingangsnahen Abstellkammer auf. Ihre erste Aufgabe des Tages war es, eine Kanne starken Kaffee aufzubrühen. Dazu betrat sie die hochmoderne Küche im Landhausstil. Aus einem der schilfgrünen Schränke entnahm sie eine der gestärkten weißen Schürzen und legte diese über. Nachdem Gerda die Schleife gebunden hatte, holte sie die elektrische Kaffeemühle aus einem weiteren Küchenschrank und füllte die ebenfalls entnommenen Arabicabohnen ein. Gerda schwor auf Hochlandbohnen aus Costa Rica, die auf Vulkanboden gewachsen waren. Die Kaffeemühle gab ein penetrantes, surrendes Geräusch von sich. Umso angenehmer war der intensive, würzige Duft des frischen Kaffeepulvers. Gerda brühte den Kaffee stets von Hand auf. Während das kochende Wasser etwas abkühlte bereitete sie Kanne und Filter vor. Anschließend setzte sie den Papierfilter in den Handfilter, spülte mit heißem Wasser durch und schüttete dieses in den Ausguss der Spüle. Erst jetzt füllte sie das Kaffeepulver ein. Nun feuchtete sie das Pulver mit dem Wasser an, bis dieses komplett bedeckt war. Sie beobachtete, wie der Kaffee zu quellen begann. Kleine Bläschen bildeten sich. In langsamen kreisenden Bewegungen gab sie weiteres Wasser hinzu. Entspannt wartete Gerda bis die Flüssigkeit komplett durch den Filter gelaufen war. Sie hob den Handfilter hoch, stellte ihn zur Spüle und verschloss die Thermoskanne. Ihre morgendliche Meditation, wie sie diesen Vorgang scherzhaft bezeichnete, war abgeschlossen.

„Guten Morgen, Gerda." Sebastian betrat den Raum. Er hatte soeben seine Runde durch den Stadtpark absolviert. „Das riecht ja wieder köstlich."

Gerda goss ihm eine Tasse frischen, heißen Kaffee ein. Sebastian nickte ihr dankend zu und nahm am Küchentisch Platz. Andächtig hob er die Tasse an und pustete sanft in die tiefschwarze Flüssigkeit. Er schloss die Augen und atmete das Aroma ein. Erst dann gönnte er sich einen ersten vorsichtigen Schluck.

„Heute wieder kein Frühstück?", fragte sie mütterlich.

„Nein, wie immer keine Zeit. Ich komme auch erst spät abends nach Hause. Ich habe heute durchgehend Termine."

Gerda wandte sich ab, denn sie wollte keineswegs riskieren, dass ihr Arbeitgeber ihre Freude über diese Nachricht an ihrem Gesichtsausdruck ablas. Sebastian trank derweil genüsslich weiter. „Haben Sie schon Neuigkeiten von Ihren Eltern?", fragte Gerda.

„Meine Mutter hat gestern wieder Fotos geschickt. Sie genießt den Kururlaub und versucht, meinen Vater zu einer Verlängerung zu überreden. Wie ich die Situation einschätze, wird sie wohl alleine ein paar Tage länger im Schwarzwald bleiben." Sebastian blickte auf die Wanduhr. Seufzend erhob er sich und begab sich in die obere Etage.

Vierzig Minuten später erschien Sebastian erneut in der Küche. Gerda war bereits im Garten beim Blumengießen. Er gönnte sich eine weitere Tasse Kaffee und betrachtete die langjährige Hausangestellte durch das Küchenfenster. Er klopfte an die Fensterscheibe, wartete bis Gerda zu ihm schaute und winkte ihr zum Abschied. Gerda nickte lächelnd zurück und setzte ihre Arbeit fort. Die Familie hatte einen großen gepflegten Garten. Dreimal pro Woche kam ein Gärtner und kümmerte sich. An diesem Tag würde dieser zu Gerdas Freude aber nicht zugegen sein. Ihr Blick fiel auf den Pool, der hauptsächlich von der Hausherrin, Sebastians Mutter, genutzt wurde. Gerda beendete pflichtbewusst die Bewässerung und rollte mühevoll den Gartenschlauch auf. Es ging bereits auf neun Uhr zu und der wolkenlose Himmel versprach einen weiteren warmen Sommerferientag. Gerda öffnete die Tür zur Abstellkammer und entnahm ihr Handy aus der Kunstlederhandtasche. Obwohl sie wusste, dass außer ihr niemand zugegen war, blickte sie sich verstohlen um, bevor sie zu tippen begann: *Guten Morgen mein Schatz. Du kannst heute jederzeit vorbeikommen.*
Die Mittagssonne heizte die nach Süden ausgerichteten Besprechungsräume der Kanzlei auf. Ebenso betroffen war Sebastians Büro. In dieser unerträglich warmen und stickigen Atmosphäre konnte er keinen klaren Gedanken fassen. Der Klimaanlagentechniker hatte sein Kommen für die nächste Stunde zugesichert und so beschloss Sebastian, sich zu Hause auf die Nachmittagstermine vorzubereiten. Kanzlei und Villa lagen nur wenige Fahrminuten auseinander. Er parkte seinen SUV in der Einfahrt und schritt gemütlich zur hölzernen Haustür. Sebastian fingerte in seiner ledernen

Aktentasche, kramte den Haustürschlüssel hervor und schon beim Öffnen der Tür strömte ihm ein angenehmer Duft entgegen. Verwundert schnupperte er. Gerda musste gebacken haben. Merkwürdig. Seine Eltern waren doch noch einige Tage auf Kururlaub und er hatte sich für den Rest des Tages abgemeldet. Vielleicht war Moritz spontan vorbeigekommen. Der Junge wohnte bei seiner Mutter. Sebastian und sie hatten sich schon vor Jahren getrennt. Der Gedanke an seinen Sohn zauberte ihm ein zaghaftes Lächeln auf die Lippen. Er rief nach Gerda, doch eine Antwort gab es nicht. Vom Duft angezogen trieb es ihn in die Küche. Diese war bereits wieder blitzblank aufgeräumt. Nur der verräterische Wohlgeruch hing noch in der Luft. Auf dem Küchentisch stand ein Tablett mit zwei Sektgläsern. Neugierig begab sich Sebastian zum Kühlschrank und entdeckte eine Flasche alkoholfreien Erdbeersekt. Er konnte sich keinen Reim auf diese merkwürdige Situation machen. Gerda und ein Liebhaber war ein absolut abwegiger Gedanke. Sebastian stand immer noch vor dem geöffneten Kühlschrank als er plötzlich ein leises Trippeln hinter sich vernahm. Sebastian erstarrte und wagte es nicht, sich zu bewegen. Jemand schien flinken Schrittes barfuß die Küche betreten zu haben. Ebenso schnell wie die Person erschienen war entfernte sie sich wieder. Der Mittvierziger schloss leise die Kühlschranktür und drehte sich langsam um. Er erblickte feuchte Fußspuren auf dem Fliesenboden. Sebastian trat näher an die Fußabdrücke heran, beugte sich darüber und begann zu lachen. Erst leise, dann laut. Immer noch herzlich lachend betrat er die Terrasse und verstummte schlagartig.

„Oh nein!", rief Gerda, die am Pool auf einer Gartenliege lag, und hielt sich die Hände vor ihr Gesicht. Doch sofort nahm sie diese wieder herunter und griff nach ihrem Handtuch. Gerda bedeckte ihren nur mit einem Badeanzug bekleideten Körper und blickte ängstlich zu Boden. Ihre Enkeltochter Mia, die mit dem Rücken zum Beckenrand des Pools stand, kicherte. Als Sebastian einen Schritt auf die Kleine zumachte drehte diese sich um und sprang ins Wasser. Gerda hörte das Platschen und erhob sich. Auf einmal schien sie Sebastians Anwesenheit vergessen zu haben. Sie lief zum Beckenrand, hüpfte hinter Mia her und umarmte ihre Enkeltochter stolz. „Mia", rief sie, „Mia, du hast es gewagt! Du bist ins Wasser gesprungen! Jetzt wirst du auch dein Seepferdchen schaffen!"

Sebastian betrachtete schmunzelnd die Szene, begab sich in die Küche und kehrte mit drei Gläsern und dem Erdbeersekt zurück. In der Zwischenzeit war Gerda aus dem Pool gestiegen und hatte sich ihren Bademantel übergezogen. Sie erwartete ein Donnerwetter. Sebastian jedoch schenkte das Getränk ein und verteilte die Gläser. Er erhob seines und sprach: „Auf den Sprung ins Wasser!" Sogleich wandte er sich der schuldbewusst blickenden Haushälterin zu und flüsterte: „Liebe Gerda, solange ich jeden Morgen den besten Kaffee der Welt bekomme, kann ich dieses kleine Geheimnis für mich behalten."

Luitgard Renate Kasper-Merbach

Sommerglut

Das Streicheln
des Windes
bekleidet meinen Tag.

Auf Tautropfen
tanzt meine Sehnsucht.

Glutäugig reift die
Sonne in mein Herz.

Steine wandeln sich
träumend

zu Wegspuren

und spiegeln sich
im Saft
neuer Triebe.

Matthias G. Kausch

Die Mohnblume

Zart wie Blattgold
wiegt sich Blütenblatt
um Blütenblatt im Wind,
wippt wilder Mohn
schon bei geringstem Hauch
mit seinen roten Lippen,
bringt Liebe auf das Feld
wie die Laterne rot
an manchen stillen Orten.

Zu schnell nur bläst der Wind
dann Blatt um Blatt
hinaus in weite Welt,
lässt nur zurück
den Stiel, den grünen,
und Freude schon
aufs nächste Jahr.

Anja Kubica

Lebendige Welt

Kraftvoll wärmen
die Sonnenstrahlen
die weißen Blüten
lassen sie wachsen
und hell strahlen
in einer Welt
erfüllt von buntem
und weisen Leben

Kraftvoll wärmen
die Sonnenstrahlen
die klare Luft
lassen sie flimmern
während die Fliegen
summen und brummen
beim Anflug auf
die weißen Blüten

Michael Johannes B. Lange

Meister Eckhart

Das Klingeln an der Tür wurde abgelöst von einem wiederholten Klopfen. Eilig stürzte er aus dem Bett. Seine Frau murmelte etwas im Schlaf. Zuviel getrunken, dachte er verlegen, gestern war wieder ein heißer Sommertag, heute wird es auch nicht kühler, August eben, da darf man ja wohl Durst haben. Aber ich weiß noch, was ich getan habe. Ich weiß immer noch, was ich tue. Man wird nicht einfach so zum Brigadier. Man wird nicht einfach so zum Meister ... Unzähligen Menschen haben wir ein Zuhause gegeben ... Wir sind ausgezeichnet.

Er öffnete die Tür, die leise quietschte.

„Wir brauchen Ihre Hilfe", begann der Mann mit dem kurzen Haarschnitt ohne Umschweife. Zu seiner Linken stand ein Uniformierter. „Ihre Erfahrung als Maurer, Ihre Fachkraft ..."

„Heute ist Sonntag", unterbrach er den ungebetenen Besucher.

„Sie sind doch wohl nicht gläubig, oder?"

„Zumindest glaube ich an bestimmte Uhrzeiten. Wissen Sie eigentlich, wie spät es ist?"

„Allerdings, die Zeit drängt. Ziehen Sie sich rasch an."

„Aber ..."

„Gegen Sie liegt nichts vor. Unsere Republik braucht Sie."

„Was ist denn los, Eckhart?", fragte nun seine Frau. „Es ist doch erst ..." Sie sah auf die Uhr im Flur.

„Unsere Republik braucht mich", wiederholte Eckhart und sah seine Frau an. Dann dachte er an das Kind, das noch schlief. Erst angesichts der Kindergesichter erkennt man, wie alt man plötzlich ist und wie viel man gelernt oder auch verlernt hat. Ich bin kein junger Mann mehr. Meine persönliche Walz ist zu Ende.

„Ich verstehe nicht", sagte sie stirnrunzelnd. Nein, du verstehst nicht, dachte Eckhart, aber du bist jetzt hellwach, und ich ahne etwas. Vier Mauern können ein Zimmer bilden und noch mehr.

„Ich brauche mein Werkzeug", gab Eckhart zu bedenken.

„Alles Notwendige finden Sie vor Ort. Steigen Sie endlich in den Wagen."

„Wo geht´s denn hin?"

In diesem neuen Land gab es für Männer wie Eckhart immer viel zu tun. Bau auf! Und wir haben aufgebaut. Fort mit den Trümmern und was Neues hingebaut! Alte Not gilt es immer noch zu zwingen, aber wir werden bezwungen. Die Sonne rötet unsere Haut. Der Staub setzt sich in unsere Lungen. Maurer kann man auch an ihrem rasselnden Husten erkennen. Wir werden früh alt, aber wir werden nicht besonders alt, dachte Eckhart.

Die anderen Männer dieser Sonderschicht kannte Eckhart nicht. Mich kennt hier auch niemand. Wir sind keine eingespielte Brigade. Trotzdem erkannte Eckhart die Fremden als Maurer. Fast alle trugen wir er weiße oder hellgraue Latzhosen. Bei den Jüngeren glänzten Ohrringe. Eckhart sah in diese Gesichter und auf diese geröteten Hände. Ja, mir macht der Ausschlag auf den Händen auch immer zu schaffen ... Verdammte Maurerkrätze ... Und im Winter melden sich auch noch die Knie.

Stumm nickten sich die Männer kurz und knapp zu.

„Heute geht es los, was?", murmelte einer der fremden Kollegen, nachdem der Pritschenwagen losgefahren war.

„Keine Unterhaltung!"

Niemand sprach mehr. Die Blicke gingen ins Leere. Die Stadt flog im warmen Fahrtwind vorbei. Hier und dort haben wir einmal gearbeitet, dachte Eckhart und betrachtete die Straßen und Plätze unter der Sonne, die immer höher stieg. Es war ein guter Tag für Bauarbeiten.

„Sie arbeiten hier", befahl derjenige, der Eckhart abgeholt hatte, und nun einen Soldaten mit der Maschinenpistole heranwinkte. „Da sind Ihre Materialien", fügte er hinzu und ließ Eckhart mit dem Soldaten allein.

Wasser, Zement, Kies, Mischer – alles da, alles ganz gewöhnlich, überlegte Eckhart. Auch der Platz ist vorbereitet. Alle Hindernisse sind beseitigt. Soll jetzt und hier wirklich ein neues Hindernis errichtet werden? Weiter abseits entlud ein mobiler Kran ächzend Betonplatten von einem Transporter.

„Worauf warten Sie noch?" fragte der Soldat und blickte ihn auffordernd an.

Was für ein Bengel, dachte Eckhart. In deinem Alter war ich schon ... Ich könnte ihm mit der Wasserwaage eins überziehen, überlegte Eckhart, oder mit der Maurerkelle. Ich könnte ihn die Maurerschnur um die Beine wickeln und dann ....

„Na, fangen Sie schon endlich an!"

Schweigend begann Eckhart mit der Arbeit. Alles so wie immer. Beton besteht aus Zement, Wasser und dem Zuschlag. Durch das Anmachen des Zementes mit Wasser entsteht der Zementleim. Der Zementleim verklebt die Körner des Zuschlages und füllt die Hohlräume aus.

Wer alles wie im Schlaf beherrscht, kann auch träumen. Mein altes Leben ist längst zu Ende, und so träume ich von der Vergangenheit und von ihrer Freiheit …

Eckhart fuhr sich über die Augen.

„Was ist denn?" fragte der Soldat neben ihm.

„Ich muss mir den Schweiß abwischen", knurrte Eckhart und sah auf das staubige Pflaster der Straße, die nun nicht mehr nach Westen führte.

„Wir haben einen Plan zu erfüllen!"

„Ich mach ja schon!", beschwichtigte Eckhart, während ihm die Schweißtropfen wie Insekten über den Rücken krabbelten. Der Soldat ließ Eckhart nicht aus den Augen. Aus den Augenwinkeln bemerkte Eckhart, wie sein Bewacher sich ein wenig den Riemen unter dem Stahlhelm lockerte. Dieser Helm, dachte Eckhart, anderes Modell, neuer Krieg. Sie patrouillieren zu zweit, aber der eine kennt den anderen nicht. Es ist wie bei uns Maurern in dieser Augustschicht. Jemand rief ein Kommando.

„Na gut, fünf Minuten Pause, aber nicht länger!" Eckhart ließ die Kelle sinken.

„Ich gehe jetzt mal kurz darüber, machen Sie keine Dummheiten!"

Eckhart sah sich um: An der Westseite versammelten sich immer mehr Menschen. Rufe wurden laut. Ich schaff es nicht, dachte Eckhart. Hier ist schon zu viel passiert. Ich kann nicht gehen. Hier ist meine Familie, meine Heimat. Ich könnte nichts weiter mitnehmen als eine Mauer, also werde ich diese Mauer ...

Eckhart blickte zu einem der fremden Kollegen. Ihre Blicke trafen sich für einen Sekundenbruchteil, der länger war als dieser Sommer. Sag mir, wo du stehst, ja, du in dem karierten Hemd mit dem Reibebrett. Eckhart sah in diese Augen. Der Blick war so klar wie die Libelle in der Wasserwaage. Augenblicklich kam Eckhart die Idee.

„Was machen Sie denn da?", fragte der Soldat.

„Ich gebe noch etwas Wasser hinzu", erklärte Eckhart.

„Ist doch viel zu viel!"

„Wollen Sie mir wirklich etwas über den W/z-Wert erzählen?", fragte Eckhart.

„Worüber?"

„Der Wasserzementwert", erklärte sagte Eckhart.

Der Soldat zögerte. „Aber wirklich so viel?!", fragte er dann.

„Es verdunstet ja auch einiges, gerade bei dieser Hitze!"

„Dass Sie ja sorgfältig arbeiten! Das ist eine Grenzsicherungsanlage und ..."

„Niemand hat die Absicht, eine Mauer zu errichten, die ..."

„Ja, ja, schon gut. Weiter machen!"

Wir haben laut genug gesprochen, durchfuhr es Eckhart mit wildem Triumph. Die Kollegen müssen mich gehört haben! Jetzt müssen wir unsere Spur der Steine finden. Pfusch am Bau – wie oft haben wir über dieses Thema gefachsimpelt bei unseren Pausen. Zu viel Wasser wird dieser Mauer nicht gut tun, sie wird mit der Zeit ...

Also, los, sag es weiter! Wir sind die Maurer, freie Maurer, die sagen: Bei diesem heißen Sommerwetter brauchen wir zusätzliches Wasser, los, schafft

wie nie zuvor! Aus diesen Ruinen werden wir auf-
erstehen.

In Memoriam Rudolf Biniok (1914-?)

Virginia Lehmann

Spätsommerabend

Du,
Champagner in der Hand,
schaust mich so zufrieden an;
mit diesem Glitzern in den Augen,
mit diesem Lächeln im Gesicht,
melodische Takte der Musik aufsaugend,
leuchten die Kohlensäurebläschen im Glanz des
    Lichts.
Die Abendsonne auf dem Rücken streifend,
die zeitwärts nach Westen zieht
und Vögel hoch am Horizont fliegend,
von denen jeder einzelne nach Süden flieht.
Und blutrote Wolkenschleier ziehen nur so an
    uns vorbei
in die tiefe schwarze Weite,
in der wir gedankenlos nur treiben
zwischen Witz und Tollerei.
Die Augenblicke,
die wir teilten,
die ein niemals sollten enden,
wandern jetzt entlang der Zeit,
der wir nun den Rücken zuwenden.
Und retrospektiv betrachtet waren das die besten
    Tage
mit langen Nächten und tobenden Lachen
bis spät in die Früh Gespräche am Haken.
Die kleinen Dinge,
die so kaum vorstellbar wie hundert Küsse
    schmecken,

möchte ich nun wieder halten
und mein Haupt mit Gold bedecken.
Und wie am Horizont die Sonne
zieht das Leben an uns vorbei,
ohne Halt und voller Wonne
entfalt´ ich erneut meine Gedanken
und fühle mich wie ein Vogel so frei.

Gerald Marten

Hitze - Reportage aus der Zukunft

An die Hitze haben wir uns gewöhnt, soweit man sich überhaupt an 50 Grad plus und im Schatten gewöhnen kann. Vielleicht sind es auch 80 oder mehr, es kommt auf 10 Grad mehr oder weniger nicht mehr an. Damals sagte man noch, diese Hitze sei unerträglich. Doch mittlerweile haben Forschung, Technik und Industrie hitzeresistente Baustoffe, Werkstoffe, Textilien, Papierwaren, also sämtliche Materialien des täglichen Gebrauchs und für alle Lebensbereiche entwickelt, so ist das Leben doch relativ normal zu bewerkstelligen und wir kennen es ja auch gar nicht anders. Das Land ist, und dieses erklärt sich durch die hohen Temperaturen von allein, ausgedörrt und verbrannt. Landwirtschaft wird seither in Fabriken und gigantischen Treibhäusern betrieben, niemand muss hungern. Natürlich (ist kaum noch etwas) gibt es auch noch Mängel und Fehler im System, sollten sich beispielsweise Menschen ihrer hitzeresistenten Nachtbekleidung entledigen und sich sexuell betätigen. Da mag man sich schon einmal einen kräftigen Sonnenbrand an prekären Körperstellen einhandeln. Es wird deshalb empfohlen, solch lustvolle Freizeitbetätigungen nur unter hitzeresistentem Bettzeug zu praktizieren. Vieles in Stadt und Natur schmilzt unter der Einwirkung dieser immensen Hitze oder geht einfach in Flammen auf, Selbstentzündung genannt, wie das Kopfhaar, schützt man dieses nicht mit einer entsprechend hitzeresistenten Bedeckung. Viele Männer, Frauen und vor allem Kinder tragen Glatzen, nicht einer hässlichen Modeerscheinung wegen, sondern weil sie ungeschützten Kopf trugen. Flüsse und Seen sind ausgetrocknet, sodass man den Schiffen Räder montiert für ihre lebensnotwendigen Transportfahrten. Nur den kleinen Schiffen. Ein Supertanker auf vier Rädern? Soweit ist die Technik nun doch noch nicht entwickelt. Manchmal fällt kochender Regen vom Himmel, doch die Meteorologie ist so weit fortgeschritten, dass sie über die Medien die Bevölkerung in den betroffenen Regionen rechtzeitig vor den gesundheitsschädlichen bis tödlichen Folgen dieses natürlichen Phänomens warnen kann, so etwa fünf Minuten vorher. Auch ist das Baden im heißen Restmeer mit all den gekochten toten Fischen darin und darauf nicht ratsam, zu unappetitlich die Begegnung mit den verkochten Kadavern, besonders in der Umgebung des Mundes. Die verbrannte Natur ersetzte man durch eine hitzeresistente Kunstnatur, gefühlsecht und fühlt sich auch wie echt an, Bäume, Blumen, Gras wie frisch gewachsen.

Damals soll es einen sogenannten Winter und die insgesamt vier sogenannten Jahreszeiten, divers in Temperatur und Optik, gegeben haben. Es sollen Filmaufnahmen darüber existieren, munkelt man. Mir reicht es schon, in den Kühlschrank greifen zu müssen, wenn ich hungrig bin, das ist mir Winter genug. Manchmal fällt etwas Brennendes vom Himmel. Ein paar Vögel soll es da oben noch geben. Handelt es sich bei dem brennenden Objekt um ein größeres, wird es ein Flugzeug sein, davor allerdings warnen die Meteorologen nicht, das ist nicht ihre Zuständigkeit, die liegt dann beim

Friedhofsbetreiber. Aber ich rede zu viel. Bin gerade dabei, die Weihnachtstanne aus gefühlsechtem Plastik mit frischen Erdbeeren und Spargellametta zu schmücken. Erwähnte ich schon, dass Dezember ist? Aber seien wir doch einmal ehrlich. Die meisten von uns wünschten sich doch immer schon einen ganzjährigen, heißen Sommer. Vielleicht ist der heutzutage etwas zu heiß geraten und Weihnachten nennen wir deshalb auch Heißnachten.

Stefanie Maurer

Horst, Hitze, Hacke

Die Sonne brennt wie die Hölle. Sie zermalmt
mich. 36 Grad im Schatten, und ich stehe
mitten in einem Berliner Schrebergarten
ohne Schatten. Auch ohne Plan, aber mit einer Leiche. 1,82 groß, gute 97 Kilo schwer und tot wie ein
Stück Dönerfleisch, das zu lange am Spieß hängt.
Und ich? Ich bin ein dampfender Auftragskiller,
der sich verdammt nochmal fragt, warum zum
Teufel er bei diesen Temperaturen überhaupt noch
arbeitet.
Ein schneller Job, hat es geheißen. Mieser Typ, Er-
presser, keiner würde ihn vermissen. Die Bezah-
lung stimmt, also habe ich gedacht: ›Na komm, ist
doch nur einer.‹ Was ich nicht bedacht habe, ist,
dass tote Körper bei dieser Hitze – nun ja – schneller sprechen, als man sie zum Schweigen bringen
kann.
„Warum ausgerechnet jetzt, Alter?", murmele ich
und blicke auf den regungslosen Typen vor mir.
„Du konntest nicht im Frühling sterben? Im Herbst
vielleicht? So ein schöner, kühler Novembertag …
Das wär´s gewesen."
Er sagt nichts. Wäre auch eine Überraschung.
Schon zum zwölften Mal heute wische ich mir den
Schweiß von der Stirn. Mit einem Taschentuch,
das aussieht, als hätte es mal zu Omas Blümchen-
schürze gehört. Meine Mutter hat´s mir geschickt
und dabei geschrieben: ›Weil man gepflegt aussehen muss, egal, was man macht.‹ Sie hat keine

Ahnung, was ich mache. Irgendwas mit Menschen, meint sie.

Ich habe eine Hacke, einen Spaten, zwei Flaschen stilles Wasser. „Nun gut, Horst." Ich nenne den Typen Horst. Ich finde, das passt. „Du willst es also auf die harte Tour. Dann grab ich halt."

Der Boden ist so trocken, er könnte genauso gut aus Zement sein. Nach zwanzig Minuten knie ich vor einem Loch, das kaum tief genug ist, um einen ambitionierten Gartenzwerg verschwinden zu lassen. Mein Shirt ist durchgeschwitzt, meine Arme brennen, mein Kreislauf gibt erste Signale von shutdown imminent.

Die Fliegen kommen in Staffeln. Ich bin mir nicht sicher, ob sie sich auf mich oder den Toten stürzen – wahrscheinlich auf uns beide. Ich rieche selbst wie eine Woche altes Gulasch.

Irgendwann sitze ich einfach nur da, neben der Leiche, die Hacke in der Hand, und schwitze wie ein gebrochener Hydrant. „Weißt du was, Horst? Ich kündige. Sommer ist vorbei. Ich bin raus."

Er sagt wieder nichts. Seine Sonnenbrille rutscht leicht von seiner Stirn, als wolle sie nicken.

Ich nicke zurück. „Ich mach nur noch Winter. Und vielleicht Frühling, wenn´s nicht regnet. Herbst geht auch."

Stöhnend hieve ich mich hoch und gehe in die Gartenlaube. Vielleicht finde ich da was Nützliches.

Zehn Minuten später stehe ich mit einem alten Holzkohlegrill wieder im Garten. Nicht gerade diskret, aber ich habe keine bessere Idee mehr. In der Aschetonne daneben ist genug Platz; sie sieht auch aus, als hätte sie schon einiges gesehen.

Ich seufze. „Also gut. Back to basics."

Horst und ich arbeiten nochmal zusammen. Ich säge, ich schleppe, ich fluche – laut, kreativ und ausdauernd. Dann kippt der Grill um, die Glut weitet ihr Barbecue in Richtung Laube aus.

Panisch trampele ich darauf herum, versenge mir die Schuhsohlen.

„Alles in Ordnung da drüben?" Der Nachbar hinterm Zaun, zum Glück blickdicht.

Ich erstarre. Dann rufe ich zurück: „Ja! Alles gut! Ich mach nur Grillanzünder aus alten Bioabfällen. Öko-Zeugs!"

„Aha", sagt der Nachbar skeptisch. „Ja, riecht auch so. Haben Sie schon mal über Solarenergie nachgedacht?"

„Ich – äh – zieh´s in Erwägung."

„Gut." Seine Schritte entfernen sich und ich trampele weiter.

Nochmal zwei Stunden später ist Horst Geschichte. Ich stehe da, mit verbrannten Händen, verbrannten Schuhen, Unmengen warmem Wasser im Magen und Sonnenbrille auf der Nase – Horsts Brille übrigens, aus Prinzip – und betrachte das Ergebnis. Nichts deutet mehr auf ihn hin.

Nur der Grill riecht ein bisschen nach, sagen wir, zu ambitioniertem Fleischverzicht. Ich lasse ihn stehen, gut sichtbar – eine Warnung an alle, die denken, Sommer sei die richtige Jahreszeit für Streitigkeiten.

Dann schlurfe ich davon. „Ab jetzt, bei allen Göttern des Schattens und der Klimaanlage: Nie. Wieder. Sommeraufträge."

Laura Metzger

Sommerspaß

An einem schönen Sommermorgen
stand ich auf ganz ohne Sorgen.
Ich dachte an Sonne und Strand
und meine Füße im kühlen Sand.
So hopste ich die Treppe runter
und fühlte mich ganz munter.
Ich aß Eier mit Speck,
als Nachtisch Gebäck.
Danach sollte ich meinen Koffer packen
denn wir wollten Urlaub machen.
Ich packte Creme und Sonnenbrille ein
und schnappte Koffer und Täschlein.
Wir gingen ins Auto rein
und packten auch die Koffer ein.
Wir fuhren ans Meer,
doch unsere Mägen waren plötzlich leer.
Es gab Brot mit Wurst,
davon bekamen wir Durst.
Wir tranken Limonade,
die war dann leer, wie schade.
Wir stiegen endlich aus
und gingen zu unserem Haus.
Meine Eltern schlossen die Wohnung auf,
da kam eine kleine Katze heraus.
Da kam plötzlich ein Nachbar, es war seine
und sie hieß Buster.
Alle gingen ins Haus hinein
und jeder in sein Zimmer rein.
Wir gingen zum Strand

und spielten im feuchten Sand.
Dann gingen wir ins Meer
und freuten uns sehr.
Irgendwann gingen wir nach Haus
und uns verfolgte eine kleine Maus.
Als wir in der Wohnung waren aßen wir Reis
und als Nachtisch ein Eis.
Noch ein paar weitere Tage
und wir fuhren nach Hause, wie schade!
Als wir wieder zu Hause waren
wollte ich gleich nochmal in Urlaub fahren.
Ich spielte in der Sonne
und das voller Wonne.
Es wurde noch ein toller Sommer
und zum Glück gab es nie Donner.
Ich liege im grünen Gras
und denke: Der Sommer macht Spaß!

Gerd Meyer-Anaya

hitzig - ein altmodisches gedicht --

auf einer parkbank sitzend
mit dir an einem sommertag
kamen wir uns näher schwitzend
weil hitze in den lüften lag

ich las dir vor du hörtest zu
vielleicht drei vier gedichte
die hitze zwischen uns nahm zu
so begann unsre geschichte

bevor der große regen fiel
der die erde küsste
machten wir was uns gefiel
ich küsste deine brüste

und dann geschah noch dies und das
und außerdem und mehr
uns machte nicht der regen nass
wir lagen kreuz und quer

auf meinem bett in meinem raum
du nahmst mich in beschlag
mir war`s als wäre es ein traum
doch es war heller tag

und als die nacht den tag verschlang
kam herz dem herzen näher
uns beiden wurde es nicht bang
aus blinden wurde seher

du bliebst und bist geblieben
jahrzehnte wurden draus
ich darf dich weiter lieben
doch irgendwann ist`s aus

noch zweimal kommen hitzen
ist unsre zeit mal um
asche fällt dann durch die ritzen
im krematorium

dann treiben wir im meere
getrennt und doch vereint
ohne altersschwere
von kindern kurz beweint

und neue sommernächte
beglücken die dann sind
weil die macht der mächte
macht sehend und nicht blind

Dörte Müller

Sommergedanken

Barfuß laufen
durch heißen Sand
das Rauschen des Meeres
ein einsamer Strand!

Wellen sie tanzen
im Sonnenschein
Sorgen sind plötzlich
winzig und klein!

Endlose Weite
das Leben so leicht
Wind spielt mit Haaren
von Sonne gebleicht!

Spuren im Sand
für einen Moment
Zeit steht nicht still
Sie rennt und rennt ...

Scarlett Müller

Ein Haiku

Schafe hinterm Deich.
Der Wind treibt seine Herde
weit über das Meer.

Kerstin Müller-Hörth

Ohne Titel

Im Juni läuten alle Kalender die zweite Jahreszeit ein,
am 21.6. wird es auch dieses Jahr wieder soweit sein.
Als Schulkind genießt man eine sechswöchige
Pause,
manch eines nutzt sie im Park, manch eines zuhause.
Hausaufgaben, Tests und staubige Kreide,
als Erwachsener merke ich, wie ich die Kids da-
rum beneide.
Nach getaner Arbeit nutze auch ich vollends die
Saison,
verspeise das Abendbrot gerne auf meinem Balkon.
Fenster und Rollläden werden erst am Abend auf
gerissen,
genieße ich die Nachtruhe doch gerne auf kühlen
Kissen.
Der Groß meiner Zimmerpflanzen bestehend aus
Sukkulenten,
blühende Exemplare gehören nicht zu meinen
Talenten.
Wie Mensch und Tier bedarf es auch ihnen an
Flüssigkeit,
der Durst bei allen umso größer zur Sommerzeit.
Temperaturen um die 30 Grad und oftmals mehr,
sorgen nicht nur in Deutschland für regen Ver-
kehr.

Die Freibäder erfreuen sich täglicher Besucher,
die Hotelpreise für Urlaubshungrige grenzen an
Wucher.
Die Zeit der Drahtesel ist nun in vollem Gange,
umgeht man mit ihnen doch so manch` Ampel-
Schlange.
Im sportlichen Cabrio mit offenem Verdeck,
erlebt der Sonnenbrand sein jährliches Come-
back.
Dermatologen raten zu täglicher Sonnencreme,
auch ein schicker Hut schützt mein Haupt gar
bequem.
Täglich zwei Liter Flüssigkeit solle man schlürfen,
bei sommerlicher Hitze wird man nach mehr be-
dürfen.
Schlecke ich mein Eis auf der Hand nicht alsbald,
finde ich die süße Sünde auf T-Shirt und Asphalt.
Suche online nach Rezepten für Sommer-Salate,
finde einen Mix aus Rucola, Feta, Leinöl und To-
mate.
Doch auch der geliebte Grill findet wieder An-
klang,
Fleischtheken im Supermarkt merken bereits den
Andrang.
Vom blutigen Anfänger bis hin zum Grillmeister,
so manch´ Soße eignet sich bestimmt als Tape-
tenkleister.
Ein Picknick im Garten oder am Badesee in der
Nähe,
durch meine Sonnenbrille ich ein freies Plätzchen
erspähe.
Schlankerhand umringt von selbstgefüllten
Snackdosen,
erfreue ich mich der fortwährend positiven Wet-
terprognosen.

Von Wolken und Regen im Wetterbericht keine
  Spur,
schmiede sogleich Pläne für meine nächste Inli-
  ner-Tour.
Steht die Sonne zur Mittagszeit im Zenit,
zieht es alle Wesen Außerorts in schattiges Ge-
  biet.
Die Brunnen in Stadtzentren werden reaktiviert,
nicht nur Tauben haben sich dort bereits akkli-
  matisiert.
Nach Wochen der Dürre lechzt die Natur nach
  Niederschlag,
bleibt dieser aus, verringert sich des Landwirtes
  Ertrag.
Kalendarisch die wärmste aller vier Jahreszeiten,
wird uns auch in diesem Jahr bis zum Herbstan-
  fang begleiten.

Rosemarie Nake

Der Geschmack des Sommers

Weißt du, wie der Sommer schmeckt? Ich freue mich das ganze Jahr darauf. Beinahe vergesse den Geschmack über den Winter und erinnere mich nur an die fruchtige Süße. Meine Traumfrucht ist ein reifer Pfirsich. Ich kann es kaum erwarten, bis er in der Auslage des Obsthändlers liegt. Es muss ein echter Pfirsich sein, nicht abgepackt im 6-er Pack und nicht platt. Ein Pfirsich schmiegt sich ganz genau in meinen Handteller. Die Finger umwölben vorsichtig die Frucht. Seine Samthaut mit den feinen Härchen fühlt sich trocken an. Auch wenn er noch nicht ganz reif ist, sieht er auf der Sonnenseite rot aus. Darauf falle ich aber nicht rein. Ein reifer Pfirsich duftet süß und aromatisch, wenn man ihn dicht ans Gesicht hält.

Ich kaufe nie mehr als drei Pfirsiche. Sie müssen makellos und fest sein. Zwei Pfirsiche kommen in das Gemüsefach vom Kühlschrank und einer in die Obstschale. Jeden Tag nehme ich ihn prüfend in die Hand, atme seinen Duft ein und drücke ihn vorsichtig. Es dauert drei oder vier Tage, bis er köstlich duftet. Die Vorfreude auf den Geschmack des saftigen, orangenen Fruchtfleischs und den süßen Geruch der exotischen, sanften und weichen Frucht steigt mit jedem Tag. Wenn er endlich perfekt gereift ist, tropft beim Reinbeißen der Saft an den Mundwinkeln herunter und die Finger werden klebrig. Ich spüre die Wärme und die Süße der

Sonne, die in dem Pfirsich gespeichert sind. Dann weiß ich ganz genau - jetzt ist Sommer.

Aber wehe, ich warte auch nur einen Tag zu lang! Dann ist eine kleine runde faulige Stelle auf der Pfirsichhaut zu sehen. Ich kann sie zwar ausschneiden, aber die Faszination dieser Frucht ist vorbei. Schade.

Ich hole den nächsten Pfirsich aus dem Kühlschrank und das Warten beginnt von neuem.

Es ist keine Zeitverschwendung, denn ich werde belohnt mit dem einzigartigen Geschmack des Sommers, an den ich den Rest des Jahres denken werde.

Luisa-Maria Papadopoulos

Sommers Töchter

Vier Riesen wurde nach der großen Flut die Aufgabe übertragen, über die Jahreszeiten zu wachen. Einer sollte jedes Jahr mit Winter kämpfen, auf dass der sich aus den warmen Ländern zurückziehe und in das Land des Winters zurückkehre.

Wenn Winter aus den warmen Landen vertrieben ist, kann erst Frühling ins Land kommen. Frühling ist eine liebliche Elfe, und sie streut überall Blumen aus. Wenn es aber wärmer wird, dann muss der zweite Riese sie aus der Welt fortführen ins Land der ewigen Jugend, wo es immer Frühjahr ist, damit sie nicht vor Hitze umkommt. Sommer ist eine wilde Riesin. Sie bringt das Korn in die Scheune, aber wenn sie eine üble Laune hat, dann gibt es Sturm und Hagel, sodass die Ernten verderben. Damit sie nicht alles verbrennt, muss sie bald ins Sommerland im tiefen Urwald verbannt werden. Der einzige Riese, der mit ihr fertig wird, ist ihr eigener Bruder. Herbst ist ein sanfter alter Großvater, der die Blätter bunt färbt, um die Kinder zu erfreuen. Wenn es wieder Zeit für den Winter wird, muss ein Riese Herbst aus der Welt wegführen, weil er so gebrechlich ist. Im Land der ewigen Jugend pflegt Frühling ihn, damit er im nächsten Jahr wieder Kraft hat.

Winter ist ein bösartiger Troll, der alle Pflanzen vernichtet. Seine Söhne aber, die Schneemänner, streuen überall Schneeflocken, damit die toten Pflanzen nicht gar so traurig ausschauen.

Kein lebender Mensch hat den Troll Winter, die Elfe Frühling, die Riesin Sommer oder Großväterchen Herbst je gesehen. Einmal jedoch sprachen zwei kleine Mädchen zu ihrer Mutter, die eine Witwe war: „Mutter, lass uns, wenn das Korn in der Scheune ist, hinausgehen und die Riesin Sommer sehen."

„Nein", sagte die Mutter. „Wenn ihr der Riesin Sommer auf 100 Schritt nahekommt, so werdet ihr auf der Stelle zu Asche verbrennen."

Die Mädchen aber lagen ihr in den Ohren und baten flehentlich und versprachen, sich auf 100 Schritt von Sommer fernzuhalten. Nur möchten sie die Riesin einmal zu Gesicht bekommen.

Die Mutter aber weinte und sprach: „Wenn ihr sie seht, werdet ihr euer Versprechen vergessen und ihr zu nahe kommen, und ihr werdet sterben, und ich werde ganz alleine auf der Welt sein."

Weil die Töchter ihr aber keine Ruhe ließen, erlaubte sie ihnen schließlich zu ziehen und Sommer zu suchen. Als dann das Korn in den Scheunen war, machten die Kinder sich auf und wanderten gen Süden, denn da vermuteten sie die Riesin Sommer. Die Mutter gab ihnen Brot mit und guten Wein und ein Medaillon mit einem sonderbaren Muster darauf, das dem Vater der Mädchen gehört hatte. Als sie drei Tage gegangen waren, hatten sie nur noch einen Bissen Brot und einen Schluck von dem Wein. Sommer hatten sie aber noch nicht gefunden.

Da trat ihnen ein Zwerg entgegen und bat um etwas zu essen. Weil die Schwestern ein gutes Herz hatten, gaben sie dem Zwerg das letzte Brot und den letzten Wein.

Der Zwerg sprach: „Weil ihr mir Armen euer letztes Stücklein Brot gegeben habt, so dürft ihr mir eine Frage stellen, was immer es sei. Ich werde sie euch beantworten."

Die Schwestern freuten sich und sagten: „So sag uns, wo finden wir Sommer?"

„Wo Sommer zu finden ist, kann ich euch sagen. Ja, ich kann euch sogar zu ihr führen. Doch seid gewarnt. Wer ihr auf 100 Schritt nahe kommt, verbrennt auf der Stelle zu Asche."

„Wir werden ihr gewiss nicht zu nahe kommen", sagten die Mädchen.

„So kommt." Der Zwerg fasste die Mädchen an der Hand und führte sie in wenigen Augenblicken durch viele Lande hindurch bis zu dem Ort, wo Sommer sich aufhielt. „Dort ist Sommer", sagte der Zwerg. „Aber kommt ihr keinen Schritt näher."

Sommer war aber sechzehn Fuß groß. Feuerrotes wildes Haar umgab sie wie Flammen. Ihre Augen leuchteten wie glühende Kohlen. Sie trug ein gelbes Kleid, das strahle wie die Sonne. Auch auf die Entfernung strahlte sie eine Hitze aus, die kaum zu ertragen war. Um sie herum war die ganze Erde verbrannt. Dabei war Sommer aber schöner als alle Frauen der Menschen, die in diesen Tagen auf der Erde lebten. Da verlangte es die Schwestern sehr, Sommer aus der Nähe zu sehen.

„Ach bitte", sagten sie zu dem Zwerg. „Ist es nicht möglich, ihr näher zu kommen, ohne zu verbrennen?"

„Ganz und gar unmöglich", sagte der Zwerg. „Übrigens habe ich euch bis hierher geholfen und nun meine Schuldigkeit getan." Damit verschwand er.
Da saßen nun die armen Schwesterchen und wussten nicht, wo sie waren oder wie sie wieder nach Hause kommen sollten, und mussten Sommer aus der Ferne ansehen, ohne ihr einen Schritt näher kommen zu können. Über ihr Elend begann erst die eine Schwester zu weinen, dann die andere.

Als aber die Tränen der Mädchen auf den Boden fielen, zischte es, wie wenn das heiße Bügeleisen auf die feuchte Wäsche gepresst wird. Die Tränen liefen hin über die verbrannte Erde, und wo sie aufkamen, wuchs wieder Gras. Da kam Sommer den Mädchen über das Grün hin entgegen und die Mädchen verbrannten nicht, sondern blieben am Leben. Ängstlich streckten die Mädchen ihre Hände nach Sommer aus.
Die lächelte und nahm die Hände der Kinder. „So seid ihr endlich gekommen, meine Töchter", sagte Sommer.
„Deine Töchter?"
„Die Tränen der Menschentöchter, die ich nie zuvor sah, sind das einzige, was Sommers Hitze ihre zerstörerische Kraft nehmen kann. Doch ihr müsst nun bei mir bleiben als meine Töchter, sonst werdet ihr doch noch zu Asche verbrennen." „Aber wie können wir deine Töchter sein, wenn unsere Mutter uns zu Hause erwartet? Sie wird glauben, wir seien dir zu nahe gekommen und hätten unser Leben verloren."
„Dies kann nicht verhindert werden", sagte die Riesin. „Ihr müsst mir nun ins Sommerland folgen und dort leben. Doch wenn wir in einem Jahr

wieder in diesen Landen sind, dann könnt ihr in das Korn, das auf dem Feld steht, das Muster auf dem Medaillon zeichnen, das ihr da bei euch tragt. Daran wird eure Mutter einen Gruß von euch erkennen."

Als nun also Sommers Bruder kam und die Riesin ins Sommerland führte, folgten die Schwestern ihr. Indem sie aber eingewilligt hatten, Sommers Töchter zu werden, waren sie selbst zu unsterblichen Riesinnen geworden. Seitdem wird Sommer stets von ihren Töchtern begleitet. Die Tränen von Sommers Töchtern fallen auf die Erde als der Sommerregen. Manchmal aber laufen sie fort und streifen durch die Kornfelder, in denen sie rätselhafte Muster hinterlassen.

Doreen Pitzler

Ein Sommertag am Geiseltalsee

Der Sommer hatte das Land fest im Griff. Seit Tagen hatte es nicht mehr geregnet, und selbst nachts sanken die Temperaturen nicht unter 20 Grad.

Dieses Wetter machte ihn wütend und auch ein wenig gereizt. Ewen Jannus hatte dem Sommer noch nie viel abgewinnen können. Dieser Hitze konnte er nun beim besten Willen nichts abgewinnen. Zu seinem Leidwesen empfanden seine Freunde und Kollegen das ganz anders.

Kaum hatte er den schwarzen VW Polo auf dem Parkplatz an der Marina in Mücheln abgestellt, sah er auch schon Verena und Daniela. Die beiden Frauen winkten ihm gut gelaunt zu und Ewen seufzte. Er stellte den Polo ab und stieg aus.

„Das bist du ja endlich. Wir warten schon auf dich", sagte Verena. Ein Hauch von Vorwurf schwang in ihrer Stimme mit.

Ewen grinste sie an und drückte ihr einen Kuss auf die Wange. Sofort strahlte Verena ihn an.

„Ja, du alter Charmeur." Dabei war er gar nicht alt – aber er wusste genau, wie er seine Kollegin aus dem Büro milde stimmen konnte. Er selbst war Handwerker und arbeitete meistens mit großen Maschinen.

„Bin ich etwa der Letzte?", wollte er wissen.

„Nein, nicht ganz. Robert kommt auch noch."

Daniela winkte ihm zu und er winkte zurück.

„Hallo Leute, bereit für den Ausflug?"

Geplant war eine Rundfahrt um den Geiseltalsee. Dank des schönen Wetters war der See inzwischen gut besucht. Es wimmelte nur so vor Menschen. Jeder versuchte, den Sommer draußen oder zumindest an einem weniger heißen Ort zu genießen. Eine Gruppe Jugendlicher kam ihnen mit einem Wasserball entgegen. Sie lachten ausgelassen und wirkten, als hätten sie richtig Spaß.

„Jetzt geht es los. Kommt. Wir haben auch für eine kleine Stärkung gesorgt."

Damit machten sie sich auf den Weg zu dem kleinen, improvisierten Bahnhof. Der Geiseltalexpress war keine echte Bahn, sondern eine kleine Lok mit drei gemütlichen Waggons auf Rädern.

Sie war leuchtend rot gestrichen, und an ihrer Seite prangte das Stadtwappen von Mücheln.

Dort standen auch Jörg, Matthias und ihre Frauen Elena und Kristin. Selbst ihr Auszubildender Noah war anwesend. Neben den beiden Chefs wirkte der junge Mann etwas verloren, während er winkte.

Ewen und Robert grüßten die anderen - dann ging es los.

Sie durften einsteigen, denn sie hatten einen ganzen Anhänger für sich allein.

Der Captain machte einen kurzen Check, und die Bahn rollte langsam an.

„Liebe Gäste, ich darf Sie heute hier bei uns am See begrüßen. Mein Name ist Captain Simon, und ich erzähle Ihnen ein paar Dinge zur Entstehung."

Es knackte kurz in der Leitung, und Verena nahm dies zum Anlass, die ersten Flaschen Wein zu öffnen. Es sollte auch nicht die letzte bleiben – dafür kannte Ewen seine Chefs zu gut. Er selbst bevorzugte Bier.

„Er ist das größte Binnengewässer in Mitteldeutschland und sehr schön gelegen. Er erstreckt sich über 18,4 Quadratkilometer und ist damit der größte künstliche See Deutschlands. Ursprünglich war dies ein Tagebau – später sehen wir dazu Bilder in der Pfännerhall. Als der Braunkohleabbau zu Ende war, blieb ein großes Loch zurück. Da ein solches Loch wenig ansprechend war, machte man sich Gedanken, wie man die Gegend aufwerten könnte. Es entstand der Plan für den See. Im Zuge dessen wurde das Tagebaugebiet im Geiseltal geflutet und zu einem Naherholungsgebiet umgestaltet."

Die Arbeitskollegen stießen an und genossen den leichten Wind, der vom See zu ihnen wehte.

„Das war eine gute Idee, Verena", lobte Jörg und die Sekretärin strahlte ihn dankbar an.

„Eine Bierbrauerei wäre besser, aber es ist nicht schlecht hier", gab Matthias zurück.

Seine Frau stieß ihm in die Rippen und die anderen lachten.

„Das müssen wir unbedingt wiederholen – auch mit meinen Eltern", meinte Elena.

Erschrocken verzog Matthias das Gesicht. Mit den Schwiegereltern hierher? Nein, das gefiel ihm ganz und gar nicht. Da brauchte er auf jeden Fall viel Alkohol.

Die Fahrt war angenehm und sogar Ewen entspannte sich.

„Gehen wir später noch eine Runde schwimmen?", fragte Robert. Er und Ewen waren Freunde, die sich auch privat gerne trafen.

Der nächste Stopp war die Pfännerhall in Braunsbedra. „Wir haben eine Stunde Aufenthalt. Sie können sich den Altelefanten ansehen, Kaffee trinken oder einen Spaziergang machen. Ich möchte auch auf das Denkmal von Michael Cäbler hinweisen –

dem Erfinder des Laufrades. Bitte seien Sie pünktlich wieder hier", erklärte Simon.

Die Gäste klatschten kurz und verteilten sich in alle Richtungen.

„Na bis jetzt macht es doch Spaß, oder?", fragte Daniela.

Sie und Verena hatten Kaffee und Kuchen bestellt – der kleine Firmenausflug konnte also nur gut werden. Selbst Robert und Ewen hatten Spaß und ließen sich den von den Damen ausgeschenkten Wein schmecken. Die Ausstellung war interessant, besonders das Urpferd faszinierte Ewen.

Sogar Matthias, der wenig bis gar nichts von Geschichte hielt, sah sich staunend um und war erschrocken, wie schnell die Stunde vergangen war.

Mit Kuchen und bester Laune ging es weiter.

Ewen, der sich den Ausflug viel schlimmer vorgestellt hatte, genoss das schöne Wetter und die Gesellschaft – und freute sich aufs Wochenende, um mit Robert schwimmen zu gehen. Schließlich hatten sie den See vor der Nase.

Am nächsten Wochenende war es dann so weit, und sie machten sich auf den Weg zum See.

Robert suchte einen guten Platz, wo nicht Handtuch an Handtuch lag. Dann machten sie es sich gemütlich. „Ich hätte auch Lust, ins Wasser zu gehen. Eine kleine Abkühlung, vielleicht ein bisschen Ballspielen – wie die da drüben", sagte Ewen und deutete mit dem Finger auf eine Gruppe Jugendlicher.

„Bin dabei", gab Robert zurück.

Dann standen beide auf und gingen zum Wasser. Der Sand am Ufer wurde von ihren Füßen aufgewirbelt. Ein leichter Wind brachte einen Hauch Abkühlung, als Ewen ins Wasser trat.

Der See war wunderschön und ein beliebtes Ziel für die Menschen in der Umgebung. Die Natur zeigte sich von ihrer schönsten Seite – überall spendeten Bäume wohltuenden Schatten. Es gab einen Weinberg mit einer Straußwirtschaft, in der man gut essen konnte. In der Nähe fuhr ein Boot vorbei und man konnte die Hausboote erkennen. Sie galten als eines der Highlights des Sees, denn man konnte sie sogar mieten.

Neben ihm tauchte Robert auf. „Na dann mal los!" rief er, und gemeinsam stürmten sie ins Wasser und zogen ihre Bahnen.

Es mochte voll sein, aber Platz zum Schwimmen fand man trotzdem. Die Freunde genossen die wohltuende Abkühlung und die Abwechslung von ihrem Alltag

Später standen sie mit anderen im Wasser und spielten Wasserball. Sie lachten, tollten umher und jagten dem Ball ins Wasser hinterher. Das Wasser spritzte hoch und erwischte die anderen. Selbst wer sich nicht kannte, wurde für eine Weile zum Spielkameraden.

Auch wenn Ewen den Sommer nicht mochte, genoss er diesen Moment in vollen Zügen. Im Wasser war die Hitze kaum zu spüren – ganz anders als an Land.

„Der See war eine gute Idee", sagte Ewen, als sie am Ufer saßen und mit Wasser anstießen.

„Tja, ich habe eben immer gute Ideen", sagte er und hob die Wasserflasche.

Robert war ein echter Freund – eine Seltenheit in dieser Welt.

Marion Redzich

Flaschenpost

Der erste Urlaubstag. Der erste Urlaub ohne Tim. Das Hotelzimmer hatte einen atemberaubenden Blick auf das türkisblaue Meer. Anna konnte es gar nicht erwarten, die ankommenden Wellen zu begrüßen. Der Weg vom Hotel zum Strand führte durch einen kleinen Palmenhain. Anna breitete ganz nah am Wasser ihr Badetuch aus, vergrub ihre Füße im warmen Sand und schaute hinaus aufs Meer. Sie fühlte eine tiefe Traurigkeit in sich.

Warum hatte sie sich eigentlich von Tim getrennt? Sieben Jahre, sieben schöne Jahre hatten sie miteinander verbracht. Hatten zusammen gelebt, geliebt, gelacht und geweint.

So richtig hatte sie die Trennung noch immer nicht realisiert.

„Abstand gewinnen", „auseinander gelebt", „Freunde bleiben". Die Sätze der letzten Tage gingen ihr wieder und wieder durch den Kopf. „Warum eigentlich?", fragte sie sich, nicht zum ersten Mal in den letzten Tagen. Keiner der beiden hatte einen neuen Partner.

Und doch. „Irgendeinen Grund muss es ja für unsere Trennung geben. Sonst säße ich jetzt nicht allein an diesem wundervollen Strand", dachte sie wehmütig und beschloss im gleichen Augenblick, ihre verlorene Liebe für die Dauer ihres Urlaubs aus ihren Gedanken zu verbannen. Sie schloss die Augen, gab sich ganz der Wärme der kretischen

Sonne und dem rhythmischen Geräusch der Brandung hin.

Jetzt, genau in diesem Augenblick, würde sie am liebsten die Zeit anhalten!

Als sie sich erneut wohlig streckte spürte sie, wie etwas Hartes ihren rechten Fuß berührte. Sie richtete sich auf und bemerkte eine kleine Flasche, die von den Wellen direkt vor ihre Füße gespült worden war. „Überall müssen die Leute ihren Müll rumliegen lassen!", waren ihre ersten Gedanken. Doch dann entdeckte sie etwas Weißes im Inneren der Flasche.

Neugierig geworden nahm sie die Flasche in die Hand, wusch den Sand im Meer ab und versuchte sie zu öffnen, was ihr allerdings erst nach einigen Mühen gelang.

Die Flasche sah alt aus. Könnte eine alte Weinflasche sein, nur sehr klein. Im Inneren befand sich ein leicht vergilbtes, zusammengerolltes Schriftstück. „Eine Flaschenpost!", dachte Anna und entrollte vorsichtig das zarte Papier. In schnörkeliger Schrift konnte sie die handgeschriebenen Zeilen entziffern:

„Liebste Amelie,

wieder und wieder habe ich mit mir gerungen, bevor ich mir erlaubte, Euch diese Zeilen zu schreiben. Da ich in diesem Leben niemandem mehr vertrauen kann, ist es mir unmöglich das Wagnis einzugehen, Euch dieses Schreiben durch einen Boten zukommen zu lassen. Aus diesem Grunde übergebe ich diese Zeilen einem treuen Freund, der mich niemals verraten oder hintergehen würde. Dem Meer. Und da ich weiß, dass auch Ihr, meine geliebte Freundin, das Meer über alles liebtet, bin ich zuversichtlich, dass Euch dieser Brief erreichen wird. Wenn nicht in diesem, so sicher in einem späteren Leben.

Der Tag, als ich Euch zum ersten Mal sah, war einer der schönsten in meinem Leben! Ihr seid mir sofort aufgefallen, obwohl es auf dem Empfang des ehrenwerten Gouverneurs Sir Nicolas keinen Mangel gab an hübschen, jungen Damen. Doch Ihr wart, und seid es bis zum heutigen Tage, etwas ganz Besonderes! Die Art, wie Ihr Euch bewegtet, Euer Lachen, die anmutige Haltung Eurer Hände, die ihre eigene Sprache zu sprechen scheinen. All dies, und noch so vieles mehr. Damals hätte ich bedenkenlos alles dafür gegeben, diesen Augenblick für immer festzuhalten. Da ihr nicht in Begleitung eines Gentlemans erschienen wart, erlaubte ich mir die leise Hoffnung, Euch wieder zu sehen.

Da es der Anstand nicht erlaubte, Euch anzusprechen, bat ich meinen Cousin Charles, ein Verwandter des Gouverneurs, Euch meine Hochachtung zu überbringen. Unmöglich, meine Gefühle zu beschreiben in dem Augenblick, als wir uns das erste Mal gegenüberstanden. Ich hatte das Gefühl, ganz allein mit Euch zu sein. Obwohl sicher an die hundert geladene Gäste auf diesem Empfang weilten.

Wir sahen uns in die Augen und wussten im selben Augenblick, dass wir füreinander bestimmt waren.

Mit Eurem Ja-Wort, genau ein Jahr später, machtet Ihr mich zum glücklichsten Mann von Paris. Sieben wundervolle Jahre waren uns vergönnt.

Sieben Jahre, in denen die Sonne niemals unterging, sieben Jahre in denen mich Euer Lachen, Eure süße Stimme und Eure Liebe jeden Tag aufs Neue das Leben lehrte!

Unser Glück war so perfekt, dass es fast schmerzte!

Nun denn, nun ist es an der Zeit, Abschied zu nehmen.

Wo das Glück am größten ist, lauert meist schon sein Gegenspieler, der Tod.

Die Schwindsucht hat Euch mir genommen, doch niemals werde ich die Erinnerung an all das verlieren, was Ihr mir gegeben habt, was Ihr für mich wart!

Gäbe es nicht Anna, unsere bezaubernde, wunderschöne kleine Tochter. Unser einziges Kind, das Euch von Tag zu Tag ähnlicher wird. Ich hätte längst Hand an mich gelegt um für immer mit Euch vereint zu sein!

Unsere Vergangenheit ist unsere gemeinsame Zukunft, daran kann auch der Tod nichts ändern!

Habt Dank für Eure Liebe, wir werden uns wiedersehen!

In tiefster Verbundenheit, Euer Thomas, Paris, anno 1883"

Anna legte den Brief vorsichtig auf ihr Badetuch.
Tränen rollten ihr über die Wangen.
Dann raffte sie ihre Badesachen zusammen,
schenkte dem Meer einen letzten Blick.
„Danke!", sagte sie. „Danke für alles! Ich muss jetzt
dringend Tim anrufen!"

Maxi Rehn

Sommerflirt

Die wärmende Sonne hat mich gestriffen,
Es scheint, sie will mich verführen.
Eine Sehnsucht hat mein Herz ergriffen,
Ich möchte sie innig spüren.

Ich streif die schweren Kleider ab,
Hüll´ mich in ein zartes Gewandt.
Die Sonne strahlt vom Himmel herab,
Und nimmt mich an ihre Hand.

Ich tauch´ die Füße ins kalte Nass,
Nur leicht, so als würd´ ich schweben.
Die Sonne scheint ohne Unterlass,
Ich hab´ mich ihren Strahlen ergeben.

Ich wünschte, sie könnte ewig bleiben,
Doch ich weiß, sie wird entschwinden.
Ich taumle im Wandel der Jahreszeiten,
Aber ich werde sie wiederfinden.

Wolfgang Rinn

Erwachen eines Sommertags

Aus Himmels Tiefen steigt der neue Tag empor,
und viele Stimmen einen sich in einem großen
Chor.

Bald in den morgendlichen Lüften Mücklein spielen
und sich im See die kecken Fischlein kühlen.

Hoch über ihnen dann die Sonnenstrahlen blit-
zen,
und kreuz und quer die Schwälblein flitzen.

So kommt in großem, weitem Bogen
der Sommer übers Land gezogen,

und auf den Wiesen Bienlein summen,
die Hummeln hörst du, wie sie kräftig brummen?

Ein Lockruf hat sie alle hergebracht:
es ist der Blüten Fülle neu erwacht,

und wie sie ihre Schönheit nun entfaltet,
wird offenbar, dass hier ein Wunder waltet.

Zart und behutsam öffnen sie die Blüten,
die seither ein Geheimnis hüten,

gerufen, das Licht der Sonne zu erblicken,
um es zu verwandeln in ein groß´ Entzücken.

Franz X. Scheuerer

Sommertag

Wenn der Birken weiß Geblink
ins Wellental hinunter sinkt
mit Schuppensilber sich vereint
vom Grunde gurgelnd Töne reimt

Sich Weiden ehrfurchtsvoll verbeugen
und ihre Aufwartung bezeugen
dann funkelt es wie grüne Gemme
aus des Ufers moosiger Schwemme

Libellen übers Wasser schwirren
da ist ein Flitzen und ein Flirren
am Steg die Purzelbäume wachsen
ein Spritzen und ein fernes Lachen

Die Luft erfüllt von lauem Dunst
die Farben malen matte Kunst
des Ufers Sand bremst das Getriebe
der See liegt dösig, träg und müde

Die milde Wärme macht benommen
in Sommers Armen angekommen

D. Schmidt

Blume im Wind

Eine Kornblume im Winde stand,
einsam verlassen am Feldesrand.
Scheu sah sie zur Mohnblume hin,
da kam ein Gedanke ihr in den Sinn.
Ach, wär ich doch auch so betörend rot,
nicht in solch schmählicher Bläuenot,
wär meine Blüte doch auch von solch überwälti-
    gender feuriger Pracht,
wär ich nur mit eben solch unvergleichlichem
    Zauber bedacht.
Ach, dann wär es auf Erden für mich
bestimmt äußerst herrlich.
Da stand sie, die Kornblume völlig betrübt,
einsam sich fühlend und ungeliebt.
Warum nur wollt sie nicht sehn,
auch sie war unendlich schön.
Ein besondres Geschöpf
mit entzückendem Kopf.
Es ist doch nun einmal so,
ein jeder sei mit sich froh.
Unabänderlich wir sind was wir sind,
der Natur wunderbar einzigartiges Kind!

Sorana Scholtes

Die Nussbäume

Die Kinder überfallen seinen Garten. Er steht am Fenster, versteckt sich hinter den Gardinen, die seine Frau bestickt hat. Gelbe und blaue Blumen an den Rändern. Als er die Kinder das erste Mal in seinem Garten entdeckte, wusste er nicht was er tun sollte. Er kennt sich mit Kindern nicht aus. Seine Frau und er haben nie darüber gesprochen, ob sie welche haben wollten. Es hatte sich irgendwie nicht ergeben. Manchmal meinte er, etwas in ihren Augen verschwimmen zu sehen, wenn Freunde mit Kindern zu Besuch waren. Er betrachtete seine Frau an solchen Tagen genau, wollte anhand ihrer Bewegungen und Blicke herausfinden, was in ihr vorgeht. Er stellte Vermutungen an, die er aber für sich behielt. Direkt gefragt hat er sie nie.

Nach ihrem Tod, der so überraschend kam, wie Regen aus einem wolkenlosen Himmel, meinte er, sich sicher zu sein, dass sie nicht gestorben wäre, wenn sie Kinder gehabt hätten. Es war eine Gewissheit, die ihn auf einmal befiel und nicht mehr losließ. Er erinnerte sich daran, wie sie ihr Haus das erste Mal besichtigt hatten. Sie waren nicht mehr jung, aber auch noch nicht alt als sie zueinander fanden. Seine Frau hatte zarte graue Strähnen im blonden Haar, die in der Sonne glitzerten wie Kiesel im Wasser. Während sie vor dem Haus mit dem Makler redete, wanderte ihr Blick an zwei

Bäumen entlang, die im Garten standen. Es waren alte Nussbäume, parallel gewachsen, die mit ihren langen Ästen einen Durchgang bildeten. Seine Frau redete weiter und ging in Richtung der Bäume, der Makler folgte ihr, warf einen Blick über die Schulter, um zu sehen, wo er bliebe. Er tat so, als würde er die Steinplatten, die durch den Garten führten, überprüfen. Seine Frau stellte sich in die Mitte der Stämme und breitete die Arme aus. Sie schaffte es, beide gleichzeitig mit ihren Fingerspitzen zu berühren. Der Blick, den sie ihm dabei zuwarf, war so siegessicher, so unverstellt und glücklich, dass er sofort wusste, sie würden das Haus kaufen. Ein paar Tage später zogen sie ein. In einer ihrer ersten Nächte gingen sie nach draußen in den Garten und tanzten, ohne Musik, nur auf ihren inneren Takt hörend. Sie bewegten sich immer weiter in die Dunkelheit hinein, bis sie die Bäume erreichten. Sie legten sich unter ihnen, das Gras kitzelte sie im Nacken und dort schliefen sie miteinander. Der Mond versteckte sich hinter einer Wolke.

Die Sonne scheint vom Himmel und die beiden Kinder, zwei Jungen soweit er erkennen kann, verstecken sich hinter den Mülltonnen auf der anderen Seite der Einfahrt. Immer wieder versucht einer von ihnen zum Haus zu sehen, schiebt das Gesicht nach vorne und zieht es dann schnell wieder zurück. Es ist jedes Mal das gleiche Spiel. Begonnen hat es, als er vor ein paar Wochen an einem Mittwoch krank zu Hause blieb. Er fühlte sich schwach, legte sich auf die Couch unter dem Fenster im Wohnzimmer. Die Vorhänge hatte er zugezogen, so wie jeden Tag, wenn er in die Arbeit ging. Im Sommer liebt er es, in ein dämmriges Wohnzimmer zurückzukehren, in dem mit jedem Vorhang, den er beiseiteschiebt, das Licht wieder hineinfällt, mit jedem Fenster, das er öffnet, die Wärme aus dem Garten ins Innere dringt. Er döste auf der Couch vor sich hin, als er plötzlich jemanden draußen kichern hörte. Er erschrak so sehr über diesen ungewohnten Laut, dass er sofort aufspringen wollte und dabei stürzte. Nachdem er sich wieder aufgerappelt hatte, kniete er sich auf das Sofa und schob vorsichtig die Gardinen beiseite. Er entdeckte zwei Kinder, die langsam durch seinen Garten schlichen und sich die Hände vor den Mund hielten. Dies verwirrte ihn so sehr, dass er nicht wusste, was er tun sollte. Was macht man mit fremden Kindern in seinem Garten? Sie anschreien, vertreiben, die Polizei rufen? Die Schmerzen in seiner Brust erschwerten alles, er fühlte sich der Situation nicht gewachsen. Er erinnerte sich daran, wie seine Frau ihm jedes Mal, wenn er krank war, eine Wärmflasche in die Arme gedrückt hatte. Ein Sofakissen lag neben ihm, er streckte sich danach aus und umfasst es, dann rollte er sich auf der Couch zusammen. Als er wieder aufwachte, waren die Kinder aus seinem Garten verschwunden. Er trat wackelig hinaus, setzte sich unter dem wilden Wein auf der Terrasse. Sein Blick traf das Blumenbeet auf der anderen Seite. Die Rosen waren alle abgezupft.

Der Tod seiner Frau kam im Jahr zuvor, zu früh zusammen mit der Kälte. Eines Nachts Anfang Oktober gefror es, die Blumen, die Blätter, der Boden, alles war mit einer Schicht Frost bezogen. Als er und seine Frau am Morgen erwachten, standen sie verwundert am Fenster und betrachteten die glitzernde Pracht, die sich ihnen bot: Eiskristalle über zarte, bunte Formen, wie vom Konditor gepuderte

Zuckerstücke. Sie schüttelten ungläubig ihre Köpfe. Seine Frau sah ihn auf einmal an, ihre Augen sprühten. „Lass uns nach draußen gehen", sagte sie. Beide trugen noch ihre Schlafanzüge.

„Warum denn? Was willst du da draußen?", fragte er sie.

„Es sieht doch so schön aus", ihre Augen ruhten wieder auf die wundersame Landschaft. „Ich will wissen, wie es sich anfühlt, wenn Blüten gefrieren". Sie wendete sich ab, um ihre Kaffeetasse auf den Wohnzimmertisch zu stellen. Die Dahlien, Anemonen, Chrysanthemen im Beet gegenüber vom Haus funkelten glasklar, er wusste sie würden den Frost nicht überleben. Sie schien aber kein bisschen traurig darüber zu sein, er spürte ihre Neugier. „Ich will sie berühren", sagte sie noch einmal und schlüpfte in ihre Gartenschuhe, die neben der Terrassentür lagen. Die Sohle glatt, ohne Profil. Er schüttelte den Kopf, fühlte sich im Zimmer warm und sicher, der Blick nach draußen genügte ihm. „Geh du mal lieber alleine", sagte er und sah ihr dabei zu, wie sie die Tür in den Garten öffnete. „Willst du wirklich nicht mit?", sie klang enttäuscht, und doch wartete sie nicht auf seine Antwort, sondern trat sofort hinaus. Fast hätte er doch zugestimmt, fast hätte er sie noch begleitet, da sie ihn aber so schnell stehen ließ, fühlte er sich beleidigt. Die Steinplatten blendeten ihn, während er sie fallen sah.

Die zwei Jungs im Garten halten sich an den Händen, als sie hinter den Mülltonnen hervortreten. Der Größere hat eine strahlende Sommerhaut, dem Kleineren fallen die blonden Haare über die Augen. Er kennt die Kinder nicht, hat sie noch nie gesehen. Hinter seinem Haus befindet sich die

Wohnblock Siedlung, dort wohnen sie alle, ihr Lärm reicht oft bis zu ihm in den Garten. Er greift nach der Gardine am Fenster und schüttelt daran. Der Größere bleibt abrupt stehen. „Hast du das gesehen?" fragt er den Kleinen.

Er kann gut hören, was die beiden sagen, die alten Holzfenster lassen alle Geräusche ungefiltert ins Haus dringen.

„Was?", fragt der Kleine und versteckt sich sofort hinter dem Großen.

„Der Vorhang hat gewackelt."

„Wirklich? Oh nein, komm wir gehen." Der Kleine zieht den anderen Richtung Zaun. „Es ist bestimmt jemand zu Hause", flüstert er flehend.

Der Große lässt sich nicht so leicht aus der Ruhe bringen, er bleibt kerzengerade stehen. „Vielleicht war es aber auch nur ein Luftzug", sagt er, lässt das Fenster dabei nicht aus den Augen.

Der Mann hinter den Gardinen lächelt, zieht sich leise zurück, setzt sich auf das Sofa. Manchmal gönnt er es sich, den Kindern ein bisschen Angst zu machen, es gefährlicher aussehen zu lassen, wie es eigentlich ist. „So haben sie mehr zu erzählen", hört er seine Frau zu ihm sagen. Seine Arme umschließen das Sofakissen.

„Es bewegt sich nichts mehr, wir können weitergehen", flüstert es von draußen.

Einige Zeit hört er nichts mehr, dann schnelle Schritte auf den Steinplatten. Ein Kratzen am Zaun.

„Heb mich hoch."

„Nein, ich schieb dich lieber."

Zwei dumpfe Geräusche, als die Kinder wieder auf der anderen Seite des Zaunes landen.

Er hört sie kichernd davonrennen. Da hat er schon die Klinke in der Hand und öffnet die Tür zur

Terrasse. Sein Blick ist bereits geübt, das Blumenbeet fast leer, die meisten Blüten verschwunden,
die Farben ausgelöscht, hier und da noch ein paar
Goldsprenkel und Margeriten. Er hört sie zufrieden
lächeln, die Steinfliesen leuchten in der Sonne.

Vanessa Schönhardt

Mit dir, tanzend im Park

Wenn ich die Augen schließe,
habe ich Meersalz in der Nase.
Sommerstrahlen, die sich in meine Haut brennen
–
die mein kaltes Herz wieder mit Liebe füllen.

Wenn ich die Augen öffne,
dann bist da du.
Tanzend im Park, mit Sommersprossen auf der
    Nase.
Das wallende Kleid, das fliegende Haar.

Wenn ich mit dir tanze,
dann bleibt die Zeit stehen,
dann ignoriere ich den Sommerregen,
dann gibt es da nur uns.

Wenn ich mit dir träume,
dann vergesse ich all meine Probleme,
dann glaub ich, dass das wirklich geht:
Aufrichtig glücklich zu sein.

Mit dir, tanzend im Park.

Dario Schrittweise

Zauber der Morgendämmerung

Nach dem Aufwachen an einem frühen Sommermorgen beobachtete Ed fasziniert die Silhouette der Stadt. Die Sonnenstrahlen tauchten die Dächer nach und nach in goldenes Licht. Manchmal lohnte es sich doch, eher aufzustehen als üblich. Er wollte seinen freien Tag gut nutzen. Er schlurfte in die Küche und schaltete seine Kaffeemaschine ein.

Eine schwarz-weiße Katze streunte grazil über die Regenrinne des benachbarten Mehrfamilienhauses. Ihr Fell reflektierte die Morgensonne. Das Tier beobachtete die Umgebung.

„Suchst du wohl etwas?", fragte er amüsiert.

Die Katze sah ihn an und schlich weiter.

Er bildete sich ein, einen leisen Vorwurf in ihrem Blick bemerkt zu haben.

In einem Dachgeschossappartement ging das Licht an. Ein Mann im karierten Schlafanzug riss das Fenster weit auf. Er putzte sich die Zähne und betrachtete die Umgebung.

Verschlafen setzte sich Ed an den Küchentisch. Er drehte seine Tasse in der Hand und wartete ungeduldig auf seinen Kaffee. Die Maschine stotterte noch.

Unter einem Erker gurrten zwei Tauben in ihrem Nest. Sie freuten sich vermutlich ebenfalls über den anbrechenden Tag.

Auf der gegenüberliegenden Terrasse machte eine Nachbarin Yoga. Bei ihr wirkten die Übungen mühelos. War das etwa der *Herabschauende Hund*? Ed erinnerte sich an die kläglichen Versuche, die er letzten Monat im Fitnessstudio unternommen hatte.

Die milde Brise erfrischte Eds Sinne. Noch einmal gähnen und strecken.

Die Morgendämmerung verdrängte Zentimeter für Zentimeter, Ziegelstein für Ziegelstein den dunklen Schleier der Nacht. Die netzartigen Reflexionen der Fensterscheiben zeichneten sich auf der gegenüberliegenden Wand wie Spinnennetze ab.

Eine Nachbarin schräg unter ihm goss einfühlsam ihre Sonnenblumen und Dahlien. Dabei las sie ihnen Geschichten aus dem Amazonas vor.

Die Katze pirschte sich auf Samtpfoten wie ein Dieb an das Taubennest heran. Doch die Vögel flogen im letzten Moment davon und ihr plötzlicher Flügelschlag unterbrach die Stille des Morgens.

„Du warst also auf der Jagd", sagte Ed lächelnd zur Katze. „Nicht unbedingt erfolgreich. Doch dafür kannst du auch den sonnigen Tag genießen."

Die erste Straßenbahn schlängelte sich zwischen den Häuserschluchten hindurch und die Autofahrer hupten die vorbeieilenden Passanten an. Die Stadtbewohner hasteten zur Arbeit wie die Ameisen nach dem Regen.

Der wohlriechende Duft erinnerte Ed daran, dass sein Kaffee fertig war. Er goss ihn in die Tasse und nippte daran, bereit, den Tag zu beginnen.

Fatma Şentürk

Ein Elfchen

Sonnenstrahlen
im Grünen
in mich hineingetan
samtene Wärme des Augusts
Sommerferienseligkeit

Werner Speer

Sonnenschein

An einem schönen Sommertag
fuhr ich im Rollstuhl durch den Park.
Die Sonne schien dort durch die Zweige,
am Wegrand stand ein Mann mit Geige.

Der Klang der Geige war sehr schön,
ich fuhr gleich hin und blieb dort stehen.
Die Musik war sehr zart und zum Verlieben,
ich hörte genau zu, bin lange geblieben.

Der Musiker war total in seinem Bereich,
nach jedem Lied klatschte ich sogleich.
In der Natur, bei schönem Sonnenschein,
bei diesem Wetter, ist man nicht gern allein.

Musik tut dem Herz und auch der Seele gut,
mit all den Liedern fast man wieder neuen Mut.
Ich dankte dem Musiker für die schöne Zeit
und war natürlich für eine Spende bereit.

Iris Steinmann

Die Sterne lügen nie

Pünktlich um 15:30 rollte ich mich motiviert aus dem Bett. Heute würde ich Anja endlich persönlich treffen, um mit ihr in meinen 16. Geburtstag reinzufeiern. In den letzten sechs Monaten hatten wir uns online kennengelernt und schnell gemerkt, dass wir auf derselben humoristischen Wellenlänge lagen. Jetzt war es soweit; am nahegelegenen Waldsee würden wir uns zum ersten Mal sehen. Für unsere erste Verabredung hatte ich bewusst einen öffentlichen Ort gewählt, damit wir uns auf neutralem Boden begegnen konnten. Außerdem ging ich so einer potentiellen Gefahr aus dem Weg, denn falls Anja in Wirklichkeit doch kein vierzehnjähriges Mädchen sein sollte, hätte diese Person keine Gelegenheit, mir unauffällig zu schaden. Pfeifend machte ich mich ausgehfertig, wobei ich einen flüchtigen Blick aus dem Fenster und auf den strahlend blauen, nahezu wolkenlosen Himmel warf. Normalerweise gab es ein solch wundervolles Wetter nur zu Schulzeiten, wann ich den ganzen Tag gezwungenermaßen in Gebäuden herumsitzen musste, doch heute hatte sich die Sonne wohl in die Sommerferien verirrt. Aufgeregt stopfte ich ein wenig Proviant zwischen die Schwimmsachen in meiner Sporttasche, überprüfte noch schnell, ob ich wirklich nichts vergessen hatte und sauste aus dem Haus. Voller Vorfreude schwang ich mich aufs Rad, auf dem ich durch die heißen Straßen raste, damit wenigstens der Fahrtwind meinen Körper kühlen konnte. Je näher ich dem Wald kam, desto schneller schlug mein Herz. Überraschenderweise überkam mich allerdings eine meditative Ruhe, als ich zwischen den schattenspendenden Bäumen hindurch rollte. Tatsächlich begann ich sogar, mich zu entspannen und die Umgebung bewusster wahrzunehmen. Außerhalb der Ferien stand ich als Schüler zwangsläufig unter Stress, weshalb ich immer nur durch die Welt hetzte und dabei ganz das Leben, das Erleben vergaß. Für einen kurzen Moment schloss ich die Augen, was man beim Radfahren eigentlich nicht machen sollte, aber mir war eben danach. Währenddessen sperrte ich meine Lauscher auf, um dem geheimnisvollen Plätschern des kleinen Baches neben dem Radweg zu lauschen. Anschließend sog ich gierig Luft in meine Lungen, um den sommerlichen Waldduft in vollen (Atem-) Zügen – dachten eigentlich alle Menschen so kommentierend wie ich? - genießen zu können. Auch den Waldsee selbst konnte ich schon von weitem riechen. Es war ein angenehmer, vertrauter Geruch, der mit vielen Kindheitserinnerungen verbunden war. Hier hatte ich vor knapp zwölf Jahren das Schwimmen erlernt. Von dem Steg, auf den ich gerade zuhielt, hatte ich meinen ersten Sprung ins Wasser gewagt. Ach, waren das noch schöne Zeiten! Wie damals kettete ich mein Fahrrad an einen Baum unweit des Seeufers, doch anstatt sofort ins Wasser zu rennen, hielt ich diesmal nach Anja Ausschau. Immer wieder blickte ich auf ihr Profilbild, auf dem mich ein junges Mädchen mit leuchtenden Augen anlächelte. Unsicher drehte ich meinen Kopf in alle Richtungen, doch die einzige Person, die sich mir näherte, war eine jugendliche Rollstuhlfahrerin. Nein, das war nicht Anja! Oder etwa doch?

„Hey, bist du Anton?", sie rollte die letzten Meter auf mich zu und lächelte mich wie auf ihrem Profilbild freudestrahlend an.

Doch, das war Anja, definitiv! „Du hast mir gar nicht gesagt ...", stotterte ich unbeholfen, unfähig, meine Gedanken zu formulieren.

„Dass ich im Rollstuhl sitze?", ergänzte sie, „nein, habe ich nicht. Ich wollte, dass du mich als Persönlichkeit wahrnimmst, nicht als ‚das arme Mädchen im Rollstuhl'. Außerdem ist das sowieso nur vorübergehend, bis ich wieder laufen kann. Bei einem Autounfall habe ich mir eine Menge komplizierter Brüche zugezogen", sie seufzte tief, „immerhin habe ich im Gegensatz zu meinem Bruder überhaupt überlebt."

„Oh, das ...", begann ich, doch Anja unterbrach mich, bevor ich ihr mein Beileid aussprechen konnte.

„Stopp, ich will kein Mitleid! Wenn ich den Toten nachtrauere, verpasse ich nur mein eigenes Leben und das liegt noch vor mir", sie seufzte schwer, „das waren die letzten Worte meines Bruders. Er wollte, dass ich glücklich werde. Vor allem, weil ich weiß, wie schnell das alles vorbei sein kann, möchte ich diesen Tag mit dir genießen."

„Kannst du hier überhaupt ins Wasser?", erkundigte ich mich zaghaft, „der See hat keinen behindertengerechten Zugang."

„Sowas hat das Freibad doch auch nicht!", gab Anja verächtlich zurück, „dort gibt's nur außerhalb der Schwimmbecken viel zu steile Rampen neben den vielen Treppen. Verdammte Pseudoinklusion! Weißt du, schwimmen kann ich. Sehr gut sogar. Das Problem ist das Laufen. In meinem Trainingszustand kann ich ein paar Schritte in der Ebene gehen, aber keine Treppen steigen."

„Okay", ich nickte verständnisvoll, „kann ich dir helfen? Dich stützen oder so?"

Daraufhin erwiderte Anja strahlend: „Das wäre nett. Danke."

Also zogen wir beide unsere Straßenklamotten aus, bis wir in Badekleidung voreinander standen. Mühevoll ächzend stemmte Anja sich in die Höhe und machte einen unsicheren Schritt auf mich zu, woraufhin ich ihr sofort meinen Arm anbot, damit sie sich daran festhalten konnte. Dankbar stützte sie sich ab, während wir langsam Schritt für Schritt auf die Leiter am Ende des Steges zugingen. Gerade als ich mich fragte, wie Anja überhaupt ins Wasser gelangen wollte, bat sie mich ihr beim Hinsetzen zu helfen. Sobald sie saß, tauchte sie erst ihre Beine in den See, rieb anschließend ihren gesamten Körper mit dem eiskalten Wasser ein. Schließlich stieß sie sich mit den Händen ab und glitt elegant unter Wasser, weshalb sie kurz darauf mit klatschnassen Haaren wieder auftauchte.

„Komm rein", rief sie übermütig, wobei ihre Zähne vor Kälte klapperten, „wenn du dich daran gewöhnt hast, ist es voll warm."

Daraufhin kletterte ich die Leiter Sprosse für Sprosse hinunter, wobei ich genauso wie Anja am ganzen Körper zu zittern begann. Um dem entgegenzuwirken, bewegten wir uns ganz schnell, bis wir uns an die Wassertemperatur gewöhnten. Plötzlich empfand ich das Wasser sogar als angenehm warm, als willkommene Abwechslung zur Julihitze der Luft. Ausgelassen spritzten wir uns gegenseitig nass, bevor Anja mit ein paar selbst ausgedachte Schwimmstile zeigte. Logischerweise konnte sie ihre Beine auch beim Schwimmen nur eingeschränkt nutzen, weshalb sie auf den allbekannten Froschschlag beim Rückenschwimmen verzichten musste. Stattdessen legte Anja sich ins Wasser und ruderte mit den Armen, wenn sie vorankommen wollte. Mitten im See blieben wir schließlich liegen, schlossen die Augen und begannen eine Unterhaltung. Da unsere Ohren ebenfalls im Wasser lagen, hörte ich mich jedoch viel lauter als sie, weshalb wir kurz darauf wieder zum Ufer zurückschwammen. Selbstverständlich half ich ihr auf dem Weg zur Liegewiese und breitete fürsorglich ihr Handtuch neben meinem aus. Erschöpft legten wir uns auf unsere Rücken und ließen unsere Körper von der inzwischen tief stehenden Sonne trocknen. Mit geschlossenen Augen setzten wir unser Gespräch von vorhin fort, während es um uns herum immer dunkler wurde. Schließlich öffneten wir unsere Augen, um den Sonnenuntergang über unseren Köpfen in all seinen Farben erstrahlen zu sehen.

„Lass uns doch noch länger hierbleiben", bat Anja, „ich möchte die Sterne sehen."

„Gute Idee", stimmte ich zu, „heute sollte eine sternklare Nacht sein. Aber es wird bestimmt kalt, deshalb sollten wir uns wieder anziehen."

Im letzten Sonnenlicht stiegen wir in unsere sonnengewärmten Klamotten. Nachdem Anja eine Decke uns ich meinen Proviant geholt hatten, kuschelten wir uns eng aneinander, um uns warmzuhalten, während wir meine selbstgebackenen Kekse genossen. Als die ersten Sterne am Himmel aufblitzten legte ich meinen Arm um sie, woraufhin Anja sich noch enger an mich schmiegte. Plötzlich zischte eine wunderschöne Sternschnuppe über den gesamten Himmel und verblasste schließlich am Horizont.

„Man sagt", flüsterte Anja, „dass Sternschnuppen Wünsche erfüllen können."

„Vielleicht haben wir ja denselben Wunsch", flüsterte ich zurück, umfasste ihren schönen Kopf und küsste ihre zauberhaften Lippen, „meiner ist soeben in Erfüllung gegangen."

„Ich glaube, das ist ein Zeichen", Anja lächelte glücklich und deutete auf einen Sternschnuppenschauer, der sich in ihren wunderschönen Augen spiegelte.

„Meinst du, die Sterne sagen uns, dass wir zusammengehören?", erkundigte ich mich mit hüpfendem Herzen, woraufhin sie mich leidenschaftlich küsste.

„Definitiv. Die Sterne lügen nie!"

Dieter Stiewi

Sommerregen

Wolkenbank -
ein Regensee
zeigt unten, was ich oben seh´,
den Himmel ´lang.
Wolkenbank

Vogelsang -
ein Lied erklingt,
die Sonne durch die Wolken dringt,
sekundenlang.
Vogelsang

Nebelspiel -
wie tanzend steigt
der Dunst, der sich auf Pfützen zeigt,
zur Luft, so schwül.
Nebelspiel

Hirschgeweih -
Es bricht das Holz,
ein mächt´ges Tier zieht voller Stolz,
an mir vorbei.
Hirschgeweih.

Tageslicht -
ein Sonnenstrahl
dringt, rötlich warm, ein letztes Mal,
zu mir und bricht.
Tageslicht.

Sommernacht -
ist still der Wald,
so weiß ich doch, dass er schon bald
im Licht erwacht.
Sommernacht.

Andreas Tebbe

Der Apfel im Glas

Sie hatte sie so genannt: Marmeladenglasmomente. Schöne Augenblicke, die man sich „einfüllen" sollte, hatte sie gesagt – für später. Für wenn es mal dunkel wird. Nach jedem Picknick, jedem Sommertag auf der Wiese tat sie so, als finge sie Luft ein. Drehte unsichtbare Deckel zu. „Für später", sagte sie dann. Und er hatte gelacht. Damals. Jetzt war alles anders.

Die Fahrt fühlte sich fremd an. Die Sommerhitze flimmerte auf dem Asphalt, ließ flüchtige Pfützen aus Licht entstehen, wo keine waren. Die Felder lagen staubig und unbewegt unter einem fast aggressiv blauen Himmel, der zu brennen schien, statt zu leuchten. Dürregelb das Korn, dunkelgrün das Dickicht. Ein Sommerbild wie aus dem Bilderbuch – aber für ihn war es zu grell, zu laut, als wolle selbst die Landschaft ihn zurückstoßen.

Auch der Weg war derselbe – doch nichts daran vertraut. Die Hitze draußen half nicht gegen die Kälte im Wagen. Die Kinder auf dem Rücksitz wirkten normal, fast unbekümmert. Doch zwischen ihm und seiner Frau lag etwas, das man nicht aussprechen konnte, ohne zu zerstören. Er hatte sie betrogen. Nach fünfzehn Jahren. Er hatte geglaubt, sie sei nicht mehr genug – dabei war sie alles. Das wusste er jetzt. Und er war bereit, die Kälte zu ertragen. Er hatte gestanden. Er war geblieben. Und sie war es auch. Aber nichts war wie zuvor.

Wahrheit, einmal ausgesprochen, verändert alles. Wie ein Licht, das nicht nur den Raum, sondern auch den Staub darin sichtbar macht. Man kann nicht mehr so tun, als sei nichts gewesen. Man muss weitergehen. Und genau das taten sie. Sie kehrten zurück auf ihre Wiese.

Er bog langsam in den Feldweg ein. Als er die Wiese sah, wurde sein Magen eng. Früher hatte er sie wild-romantisch gefunden. Heute schien sie ihm beinahe feindlich, beseelt – ein Ort, der ihm entgegenschrie: Du hast hier nichts mehr verloren. So fühlte er sich. Wie jemand, der nur noch ein Leben lebte, das nicht mehr seins war. Wie jemand, der den Platz auf dem Fahrersitz nicht mehr verdient hatte – nicht das Recht, die Familie zu lenken. Die Schuld fuhr mit. Und jetzt schrie sie ihn aus jedem Halm an. Jede Grille, jede Biene, jede Pflanze schien heute gegen ihn zu sein.

Er stieg aus. Fest entschlossen. Machte sogar einen Witz zu den Kindern, versuchte zu lächeln. Er war nicht das Opfer. Er war nicht der, der jetzt zusammenbrechen durfte. Er holte die alte Decke aus dem Kofferraum, den Picknickkorb – gefüllt mit Obst, Broten, Apfelschorlen. Und drei leeren Marmeladengläsern.

.

Sie ging ein paar Schritte vor ihm. Und er sah es sofort: Sie ging anders. Leicht gebeugt, schmaler. Nicht weniger schön. Nur unsicherer. Wie jemand, der nicht weiß, ob der Boden noch trägt. Er holte sie ein, streifte ihre Hand und drückte sie kurz. Dann ließ er sie los. Keine Worte. Nur der Sommer. Und der schien sich jetzt zu wandeln. Der Wind war weich geworden. Die Sonne warm – nicht mehr stechend. Libellen schwirrten über das Gras, Vögel flogen tief. Die Luft war schwer von Lavendelduft und Grillenzirpen. Der Himmel wirkte plötzlich offener, als wolle er sagen: Vielleicht geht es doch.

Dann sah er es: Ein halbvergammeltes Apfelstück lag zwischen den Grashalmen, bräunlich, weich, übersehen. Er hätte es beiseiteschieben können. Doch er breitete die Decke genau darüber aus – nicht zufällig, sondern mit Absicht. Als müsste der Tag über dem liegen, was schiefgelaufen war

Sie setzten sich. Wie früher. Er begann, Obst zu schneiden. Die Stille lag zwischen ihnen wie der Duft – süß, ein wenig zu stark, schwer auszuhalten. Er reichte den Kindern Apfelstücke.

„Wollt ihr nicht die schönsten Blumen suchen?", fragte er. „Ein paar für zu Hause?"

Sie nickten. Liefen los.

Er blieb mit ihr zurück. Nahm ihre Hand.

„Der Sommer hat den Winter vertrieben", sagte er. „Wie der Morgen ... du weißt schon ..." Dann schwieg er. Atmete. „Ich will die Zeit, die jetzt kommt, nutzen. Ich will nicht schönreden, was war. Ich kann den Fehler nicht entschuldigen – aber ich kann ihn tragen. Er gehört jetzt zu mir. Zu uns. Und ich nehme ihn mit. Damit ihr ihn nicht allein tragen müsst."

Er griff in den Korb, holte eines der Gläser hervor. Bückte sich, tastete unter die Decke, hob das alte Apfelstück vom Boden auf – das, über dem sie ihr Picknick ausgebreitet hatten. Packte es in das Glas. Und drehte den Deckel zu.

Die Kinder kamen zurück, mit bunten Blumen und einem Grashüpfer im Glas. Lachten. Stritten. Versöhnten sich wieder. Die Gläser füllten sich. Mit Leben. Mit neuen Momenten.

Als sie gemeinsam zum Auto gingen, trug er den Korb, die Decke – und alle Gläser. Auch das mit dem faulen Apfel. Die Kinder rannten voraus. Seine

Frau blieb stehen. Schaute nicht auf ihn, sondern auf die Wiese.

Dann sagte sie, leise: „Du hast mich verletzt. Das, was du da ins Glas gepackt hast ... hat mir das Herz gebrochen. Und ich denke immer daran."

Er schwieg. Sie drehte sich zu ihm. Sah ihn an. Direkt.

„Aber wenn wir neue Gläser drumherum stellen ... muss ich es vielleicht nicht mehr jeden Tag sehen."

Und dann nahm sie seine Hand. Nicht zögerlich. Nicht sicher. Aber echt.

Und über der Wiese hing der Sommer wie ein Versprechen. Und vielleicht war auch dieser Tag ein Glas wert. Trotz allem.

Sabine Weber

Die Möwe auf dem Poller

Husum, am Hafen. Die Sonne scheint, es ist warm, ab und zu kommt eine kleine Brise zum Kühlen vorbei.
Wir beide sitzen auf einer der steinernen Bänke.
Hinter uns die bunte Häuserreihe, in der viele kleine Geschäfte untergebracht sind – dort kann man allerlei zum Essen und zum Trinken, norddeutsche Souvenirs oder auch Hafenrundfahrten kaufen, und es gibt auch ein kleines Schifffahrtsmuseum.
Vor unserer Bank ein paar Meter Kai, dann Wasser, gegenüber Wohnhäuser im Ziegellook, modern gestaltet.
Wir haben uns Fischbrötchen geholt, und Limo zum Runterspülen.
Während wir die Brötchen aus ihrem Papier wickeln, fühlen wir uns beobachtet: Auf dem Poller vor uns steht fast regungslos eine Möwe, für unsere Begriffe ein Riesenvieh. Sie starrt uns auf Augenhöhe durchdringend und unentwegt an, ohne jedes Blinzeln – ich kann geradezu mitverfolgen, wie sich um den Vogelkopf Gedankenwolken mit verschiedenen Angriffsstrategien entwickeln: Plan A, B und C – jeweils mit dem Ziel, eines unserer Brötchen oder Teile davon zu ergattern.

Ich stamme aus dem Norden, ich kenne die unglaubliche Frechheit der Möwen, die sich aus der Luft tollkühn auf ihre menschlichen Opfer stürzen, dabei deren Angst vor Flügeln und Schnäbeln ausnutzen und ihnen geschickt die fischigen Köstlichkeiten aus der Hand rupfen können. Ludwig, mein Kumpel, ist Bayer und solche Unverschämtheiten von Vögeln nicht gewöhnt.

Die Möwe startet von ihrem Poller direkt auf mich zu und streift mich mit einem Flügel am Kopf. Wegducken und das Fischbrötchen festhalten: mit der Taktik bin ich immer gut gefahren, klappt auch diesmal – mein Brötchen bleibt meins.

Der große Vogel landet zwei Meter vor uns auf dem gepflasterten Kai, marschiert ein paar Schritte hin und her, stoppt – und starrt wieder, jetzt von unten.
Ludwig ist heftig erschrocken und schaut einen Moment fassungslos zurück, erholt sich dann aber kopfschüttelnd und widmet sich seiner Semmel.
Unsere Unterhaltung dreht sich um Husum und seine Sehenswürdigkeiten im Allgemeinen sowie um Möwen und ihre Fähigkeiten im Besonderen.

Unsere Möwe findet es unpassend, ignoriert zu werden, und fliegt zur Strafe einen erneuten Angriff auf mein Brötchen – wieder erfolglos; Möwe am Boden.

Aber Ludwig hat genug, springt auf, wirft dabei seine Limo um, macht einen großen Schritt in Richtung Vogel, stampft mit dem Fuß auf, brüllt und fuchtelt furchteinflößend – so kenn ich ihn gar nicht …

Ich bin beeindruckt.

Die Möwe nicht.

Sie schreitet hoheitsvoll beiseite, hebt ab und gleitet im Bogen zurück auf ihren Poller.

Wir kaufen eine neue Limo und besetzen mitsamt unseren angebissenen Fischbrötchen die blaue Holzbank am Laden, weiter weg vom Wasser.

Die Möwe hält zuversichtlich Ausschau nach neuen Opfern: sie sieht wohlgenährt aus, so, wie sie da vorne auf dem Poller hockt ...

Kerstin Werner

Die verlockende Frucht

Auch heute, an diesem warmen Spätsommer-
tag, zieht es uns hinaus in die Natur. Wie so
oft laufen wir durch den wilden Park und suchen Schutz unter den knorrigen Eichen, die uns
so vertraut sind wie alte Freunde. Sorglos hüpfst
du neben mir her, in kurzer Hose und mit zer-
schrammten Knien, und ich halte deine kleine
Hand in der meinen. Deine blonden Haare glänzen
in der Sonne, und immer, wenn du davonrennst
und wieder zu mir zurückkehrst, legen sie sich
sachte auf deinen Kopf, als hätte der Wind sie dir
glattgekämmt. Doch jetzt läufst du voraus, deine
Beine wirbeln wie kleine Propeller in der Luft und
ich rufe dir zu: „Samuel, warte doch, ich kann
nicht so schnell laufen!"
Du drehst dich um und lachst mir zu, während die
Tüte mit den Getreideflocken in deiner Hand hin
und her schaukelt, die du für die Enten mitgenom-
men hast. „Ich warte am Teich auf dich, Mama!"
Dort stehst du nun, am Rande des Ufers, umringt
von einer Schar Enten, die schnatternd auf dich
zukommen und ihre Schnäbel recken, während du
ihnen die Getreideflocken zuwirfst.
Was würde Jan wohl sagen, wenn er dich so sehen
könnte?, denke ich. Vier Jahre ist es nun schon
her, als ich ihm sagte, dass ich schwanger bin. Er
wollte von einem Kind nichts wissen. Die Begegnung mit mir sei für ihn etwas Besonderes gewesen, doch er könne sich ein gemeinsames Leben

mit einem Kind nicht vorstellen. Ich liebte Jan und versuchte ihn zu verstehen. Doch dann habe ich jeglichen Kontakt abgebrochen, nur so konnte ich den Schmerz überwinden. Jan lebt für die Theaterbühne, ist viel unterwegs und hat dich nie kennengelernt.

Doch wie schön wäre es, wenn auch du einen Vater hättest, denke ich, so wie andere Kinder in deinem Alter. Auch ich möchte nicht mehr allein sein. Doch welcher Mann würde eine Frau mit einem Kind interessant und begehrenswert finden?

„Mama!", höre ich dich rufen. „Sie haben immer noch Hunger."

Ich schaue dir zu, wie geduldig du den Enten erklärst, dass du leider kein Futter mehr hast, aber sie schnattern aufgeregt weiter. Du reichst mir die leere Tüte, dann läufst du den Pfad entlang, der uns zur großen Wiese führt, wo die Obstbäume schon auf dich warten. Ich eile dir nach, verdränge die quälenden Gedanken und nehme den vertrauten Duft des Spätsommers wahr. Kinder spielen im Gras, verstecken sich hinter Sträuchern und Bäumen, während Mütter und Väter auf ihren Decken sitzen und dem bunten Treiben zuschauen.

Endlich gelangen wir auf unseren Hügel, auf dem der Apfelbaum steht. Schweigend begrüßt du ihn, deinen besten Freund unter all den anderen, und während du deine Arme um den Baumstamm legst, siehst du einige Äpfel im Gras liegen. Verwundert sagst du: „Mama, schau mal, jemand hat die Äpfel vom Baum geschüttelt!" Dann wandern deine Augen zu den reifen Äpfeln im Baum und vor Staunen hältst du den Mund offen. Hoch oben entdeckst du einen Apfel, größer als all die anderen, rotbäckig und für dich unerreichbar, aber du willst ihn unbedingt haben.

„Darf ich hinaufklettern und ihn abpflücken?",
fragst du mich, während du ungeduldig auf der
Stelle auf und ab hüpfst. Ich zögere, will dir aber
nicht zeigen, dass ich Angst um dich habe. Wenn
du nun vom Baum herunterfällst und dich verletzt?, denke ich. Doch ohne eine Antwort abzu-
warten, versuchst du dich hinaufzuziehen. Im
Klettern bist du sehr geschickt, und langsam verschwinden meine Bedenken. Aber plötzlich mache
ich mir Sorgen, dass dein Wagemut die Aufmerksamkeit der anderen Familien auf sich zieht. Unsicher schaue ich mich um und da bemerke ich,
dass wir von einem Mann beobachtet werden, der
mit einem Buch in der Hand nicht weit von uns auf
der Wiese sitzt und unauffällig seinen Blick zu uns
hinüberwandern lässt.

Schnell schaue ich wieder zu dir hinauf und
staune, wie weit oben du bereits zwischen den
Zweigen hockst. Doch dann richten sich deine Augen zu mir nach unten – und in diesem Augenblick
wird dein Gesicht ganz blass und die Angst über-
wältigt dich. Du sitzt im Baum fest, wagst nicht
höher zu klettern, aber du weißt auch nicht, wie
du wieder herunterkommen sollst. Ich bemühe
mich, ruhig zu bleiben und rufe dir zu: „Komm
ganz langsam wieder nach unten, ich stehe hier
und kann dich halten!" Dabei strecke ich meine
Arme nach oben und stelle fest, dass der Abstand
zwischen dir und mir sehr groß ist. Dein Körper
zittert und verzweifelt bringst du heraus: „Ich kann
nicht, Mama!"

Der Mann, der uns beobachtet hat, legt sein Buch
ins Gras, steht auf und kommt zu uns auf den Hügel hinauf, und ohne lange zu überlegen, schwingt
er sich auf den Baum, greift deinen Arm und gibt
dir genaue Anweisungen. Du gewinnst sofort

Vertrauen zu ihm und wie vom Zauber erlöst, schwindet die Erstarrung aus deinen Armen und Beinen. Schon bald berühren deine Füße den sicheren Boden. Doch der rotbäckige Apfel hängt noch immer hoch oben im Baum.

„Wolltest du ihn pflücken?", fragt er dich.

Du nickst und schaust den Mann erwartungsvoll an.

Er lächelt dir zu, und für einen kurzen Moment sucht er auch meinen Blick. Dann klettert er auf den Baum, pflückt dir den Apfel und überreicht dir die köstliche Frucht. Dein Gesicht fängt an zu strahlen. Liebevoll hältst du den Apfel in deinen Händen. Und leise, ganz leise sagst du: „Danke."

„Gern geschehen", sagt der Mann und streicht dir über den Kopf. „Ich heiße übrigens Clemens. Und wer bist du, kleiner Freund?"

„Ich bin Samuel."

„Na dann, lass es dir schmecken, Samuel!"

Verlegen schaut Clemens mich an. „Sind Sie oft hier?"

„Ja, fast jeden Tag", sage ich und spüre, wie mir das Blut in die Wangen schießt.

„Ich habe erst kürzlich den Park für mich entdeckt", sagt er, „und lese seitdem lieber hier draußen als in meiner kleinen Wohnung."

„Das kann ich gut verstehen, es ist wunderschön hier", erwidere ich.

Für einen kurzen Moment stehen wir uns schweigend gegenüber, doch dann hören wir deine helle Stimme: „Kannst du mir morgen wieder einen Apfel pflücken?"

Clemens lächelt dich an, so offen und warmherzig, dass ich gerührt bin.

„Mach ich", sagt er, „ein paar schöne Äpfel hängen ja noch am Baum. Wenn du magst, helfe ich dir auch beim Klettern."

Du überlegst, ob du dieses Wagnis eingehen kannst und zuckst mit den Schultern. Der Schrecken sitzt dir noch immer in deinen Gliedern, deshalb schaust du erst mich und dann deinen Freund fragend an.

„Natürlich nur, wenn deine Mama einverstanden ist", fügt Clemens hinzu.

„Ich habe nichts dagegen und würde mich sehr freuen, Sie wiederzusehen", sage ich und bin im selben Moment erstaunt, wie leicht mir diese Worte über die Lippen gehen. Dabei kenne ich ihn kaum, aber auf unerklärliche Weise fühle ich mich zu ihm hingezogen. Sein natürliches und spontanes Auftreten, seine leuchtenden Augen und sein ehrlicher, direkter Blick berühren mich zutiefst. Noch nie habe ich erlebt, dass ein Mann so liebevoll und geduldig mit dir umgeht.

Später, als du wieder mit mir allein bist, beißt du genüsslich in deinen Apfel. Er schmeckt dir so gut, dass du ihn noch immer mit beiden Händen festhältst und deinen Blick nicht von ihm abwendest, bis du den Apfel aufgegessen hast. Dann erst schaust du über die Wiese zu Clemens hinüber und winkst ihm zu. Dein großer Freund winkt dir zurück.

Auf unserem Heimweg hüpfst du munter neben mir her, und auch ich fühle mich so froh und leicht, als schwebe ich über der Erde. Schon jetzt kann ich den morgigen Tag kaum erwarten.

Chandrika Wolkenstein

Erste Liebe

Da lagst du fröstelnd in der Stille
zwischen den Pizzen und Vanille.
Eilig griff ich forsch nach dir,
nicht aus Hunger, eher aus Gier.
Ich nahm dich mit, dein Wimpern-Schwingen
konnt´ mich ganz aus der Ruhe bringen.
Du hauchtest: Erdbeer, süß und lecker,
und ich biss zu, ein wenig kecker.
Dein Holzstab splitterte ein wenig-
war mir egal. Ich war ein König.
Du schmolzest leider viel zu schnell.
Dies ist mein Schicksal, prinzipiell.

Souad Zakarani

Ein Sommertag

Wolken wie Watte
Schmucken den Himmel
Ein Bach erzählt leise
Von seiner rastlosen Reise
Vogel singen in Baumen
Kornblumen träumen
Korn reift golden auf den Feldern
über Wiesen und Wäldern
Liegt Sonnenglanz
Sanfter Wind

Autorenvorstellung

Viktoria Adam, geboren in Karlsruhe, lebt in Bremen und arbeitet nach einem literaturwissenschaftlichen Studium im pädagogischen Bereich. Schreibt Lyrik und Kurzgeschichten. Veröffentlichungen in Sammelbänden und Literaturzeitschriften.

Almut M. Amberg hat schon immer gerne Seiten mit Wörtern gefüllt: im Literaturstudium, bei der Arbeit an einer Sprachschule und als Schreibpädagogin. Sie schreibt vor allem Fantasy. → www.amamberg-autorin.de.

Evelyne Anciaux, geboren 07.01.2002, ist gebürtige Belgierin und studiert in Bonn Germanistik. Das Schreiben ist ihr ins Blut geflossen und sucht sich nun in Dichtform über Veranstaltungen wie die Bonner LitArena seinen Weg in die Welt.

Céline André, Jahrgang 1976, wuchs in Frankreich auf. Im Rahmen ihres Germanistikstudiums kam sie 1996 nach Leipzig, wo sie seitdem wohnt. Sie arbeitet als Grundschullehrerin.

Isa Bellini, Studium der bildenden Künste (Staatsexamen 1981), verfasst Theaterprosa, Essays, Kurzprosa, Gedichte, Aphorismen und Romane, Publikationen diverser Texte, einige davon mit Preisen prämiert.

Roswitha Böhm erzählt mit Herz, schreibt mit Seele und malt mit einem Augenzwinkern. Als Autorin, Künstlerin und kreative Weltverschönerin vereint sie Fantasie mit Tiefgang, Humor mit Haltung und Kunst mit einer ordentlichen Portion Persönlichkeit.

Nadin Corinna Bühler, Jahrgang 1986, lebt mit ihrer Familie in der Nähe des Bodensees. Ob im Urlaub, zuhause oder unterwegs, sie schreibt überall und ganz verschiedene Genres. Leitet Schreibwerkstätten und lässt ihre Feder gerne für Erwachsene und Kinder übers Papier flitzen.

Buora Buonder (1963) schreibt Geschichten für Erwachsene und Kinder, die sie zum Teil schon in Anthologien veröffentlicht hat.

Lukas Clara, aufgewachsen in den Bergen Südtirols, studierte in Wien, dann Barcelona, Manchester und Granada und lebt nun in Wien. Erste literarischen Gehversuche am Gymnasium, wurde dafür auch bereits veröffentlicht und prämiert.

Anna-Lena Eißler, 2005 in Hohenlohe geboren, ist seit ihrem Abitur 2023 Soldatin der Bundeswehr. Vorher war sie als Reporterin für ein Regionalmagazin unterwegs. Einige ihrer Kurzgeschichten wurden prämiert und veröffentlicht.

Nadine Flüß, 27 Jahre alt, wohnt in Köln. Hauptberuflich ist sie als Bauingenieurin im nachhaltigen Bauen tätig und hat vor einigen Jahren das Schreiben als Ausgleich gefunden. Neben dem Schreiben ist sie leidenschaftliche Leserin.

Anna Fock, geboren 1998, ist Autorin einer Vielzahl von Kurzgeschichten, die zum Teil in Anthologien und im Internet veröffentlicht sind.

Rene Gatterer wurde am 17.07.1996 in Lienz in Osttirol geboren. Schon in jungen Jahren wurde er mit der Magie der Worte vertraut. Aus einer Idee wurde ein Hobby und daraus folgte die Leidenschaft für das Schreiben von Geschichten.

Rosemarie Guhl lebt in Bremen, arbeitete als Hebamme und Heilpraktikerin für Psychotherapie, lange Jahre auch als Gleichstellungsbeauftragte in Kommunen.

Irena Habalik, stammt aus Polen, lebt in Wien. Schreibt Lyrik, Kurzprosa, Aphorismen. Publikation von zahlreichen Gedichtbänden. → www.irenahabalik.wordpress.com

Nicole Hahn, 1981 in Singen geboren, lebt in Konstanz am Bodensee. Neben dem Schreiben widmet sie sich auch der bildenden Kunst. Veröffentlichung von Lyrik und Kurzgeschichten in verschiedenen Verlagen.

Ueli Hermann, geboren 1952 im Kanton Aargau (Schweiz), lebt heute im Berner Seeland. Nach der Pensionierung lässt er seiner Phantasie in Kurzgeschichten freien Lauf.

Pit Hoinkis, geboren 1969 in Karlsruhe, wohnhaft ebenda. Bisher ausschließlich Veröffentlichung humoristischer Gedichte über das Medium Radio (SWR3).

Petra Humpe, Jahrgang 1972, ist seit 2017 Mitglied der Schreibwerkstatt der VHS Reckenberg-Ems und hat bereits einige Texte in Anthologien veröffentlicht.

Luitgard Renate Kasper-Merbach, geboren 1958 in Bad Schussenried, verheiratet, 3 Söhne, 5 Enkelkinder, schreibt seit ihrer Kindheit Gedichte und Prosa, zahlreiche Veröffentlichungen in Anthologien.

Matthias G. Kausch, geboren 1965 in Coburg (Bayern), Lehrer für Englisch und Geschichte, schreibt Kurzgeschichten und vor allem Gedichte. Seine Texte sind in verschiedenen Anthologien erschienen.

Anja Kubica, geboren 1983 in Radebeul, wo sie von 1990 bis 2002 zur Schule ging. Nach dem Abitur hat sie von 2002 bis 2005 eine Ausbildung zur Industriekauffrau absolviert. Seit 2009 veröffentlicht sie Texte in literarischen Anthologien.

Michael Johannes B. Lange, Jahrgang 1968, veröffentlicht seit 2014 Krimis und Science-Fiction-Stories sowie Kurzgeschichten mit zeitgeschichtlichem Bezug in diversen Anthologien.

Virginia Lehmann, Alter: 23, Wohnort: Rostock, Beruf: Studentin Lehramt für Deutsch und Biologie.

Gerald Marten, geboren 1955, lebt in Oldenburg (Holstein). Veröffentlicht seit 2001 Kurzgeschichten, Kurzprosa, Gedichte und Aphorismen verschiedenster Inhalte. 2002 erschien zudem ein satirischer Roman.

Stefanie Maurer, Jahrgang 1977. Die Autorin, Redakteurin und Tierliebhaberin aus Nordhessen lebt nach dem Motto: „Nicht nur reden, sondern handeln." Ihre Geschichten sollen unterhalten, faszinieren und bestenfalls nachhallen.

Laura Metzger, zehn Jahre alt, lebt mit ihren Eltern, ihrer kleinen Schwester und ihrer Hündin in Rheinland-Pfalz. Sie hat schon immer viel gelesen und Geschichten geschrieben. Einige Geschichten wurden bereits in Anthologien veröffentlicht.

Gerd Meyer-Anaya, 1947 in Garmisch-Partenkirchen geboren, lebt, liebt und arbeitet psycho-, paar- und sexualtherapeutisch in Düsseldorf. Schreibt Lyrik, Aphorismen, Satiren und Prosa.

Dörte Müller (*1967) schreibt und illustriert Bücher für Kinder. Sie ist Teil des kreativen Teams von Groll und Schmoll. → www.grollundschmoll.de

Scarlett Müller, geboren 1965, 1982 Abschluss als Bühnentänzerin an der Deutschen Staatsoper Berlin, nach Berufsunfähigkeit Diplom-Dokumentarin. Veröffentlichung von Gedichten und einem Kinderbuch.

Kerstin Müller-Hörth ist am 12.07.1993 in Euskirchen geboren, aufgewachsen und wohnhaft. Sie lebt zusammen mit ihrem Mann und ihren Schwiegereltern.

Rosemarie Nake, Jahrgang 1954, lebt mit ihrem Mann in einem kleinen Dorf bei Halle/Saale. Seit sie Rentnerin ist, hat sie viel Zeit für ihre Hobbys Lesen und Schreiben. Besonders gern schreibt die ehemalige Lehrerin fröhliche Kurzgeschichten.

Luisa-Maria Papadopoulos wurde in Worms geboren. Heute studiert sie Theologie in München. Sie die Autorin verschiedener Kurzgeschichten.

Doreen Pitzler wurde in Sachsen-Anhalt geboren und ist dort aufgewachsen. Schon früh entwickelte sie eine Vorliebe für gute Geschichten und inspirierende Welten. Zu Schulzeiten verband sie diese Vorliebe mit ihrer eigenen blühenden Fantasie und begann mit den Schreiben eigener Geschichten.

Marion Redzich, 64 Jahre jung, wohnt in Bietigheim-Bissingen. Einige Kurzgeschichten sowie ein Kinderbuch wurden bereits veröffentlicht.

Maxi Rehn wurde 1973 in Dresden geboren. Im Jahr 2023 belegte sie den 1. Platz beim internationalen Gedichtwettbewerb zum Thema: Frieden. Im Jahr 2024 erhielt sie den Anerkennungspreis der Stadt Feldbach zum Thema: Das Vermächtnis.

Wolfgang Rinn, geboren und aufgewachsen in Tübingen, ehemaliger Sonderschullehrer, schreibt und veröffentlicht Gedichte seit 1992. Lebt heute in Reutlingen.

Franz X. Scheuerer schreibt ketzerische Texte und selten schöne Verse. Er ist 75 Jahre alt und lebt als Lyriker, Kurator und Herausgeber in Hamburg. Nie war er Preisträger und nie Verlierer. → www.artbooklets.de

D. Schmidt, 1972, lebt in Berlin, hat bereits mehrere Märchen, Gedichte, Grafiken, Kinder- und Kurzgeschichten in Anthologien und

Literaturzeitschriften veröffentlicht, bei Schreib-
wettbewerben gewonnen und einen Sonderpreis
erhalten.

Sorana Scholtes, geboren. 1981 Cluj (Rumänien),
schreibt Kurzgeschichten in München, die in Anthologien veröffentlicht werden. Die Autorin arbeitet als Redakteurin in der Wissenschaftskommuni-
kation und hat zwei Kinder.

Vanessa Schönhardt wurde 1999 geboren und
wuchs in einer Kleinstadt in NRW auf. Nach einem
kurzen Zwischenstopp in der Voreifel ist sie zurück
in ihrem Heimatort, wo sie mit ihrem Freund, ihren
zwei Katern und vielen Bücher wohnt.

Dario Schrittweise, Autor und Blogger (* 1980)
lebt in Nürnberg. 2024 veröffentlichte er einen Er-
zählband. In seinem Blog veröffentlicht er seine Erzählungen, Lyrik, Reise- und Kunstbeiträge.
→ www.dario-schrittweise.org

Fatma Şentürk ist in Hamburg geboren. Sie hat
„Deutsche Sprache und Literatur" im Hauptfach
und „Philosophie" und „Erziehungswissenschaf-
ten" im Nebenfach studiert. Seit 2021 arbeitet sie
als Bibliotheksleitung bei den Bücherhallen Hamburg.

Werner Speer, 1955 in Gehrden geboren, Er versucht sich mit dem Schreiben, obwohl er nie im
schriftstellerischen Bereich tätig war. Mit viel Leidenschaft notiert er kleine Gedichte zu unter-
schiedlichen Themen
Iris Steinmann wurde im Oktober 2007 geboren
und begann im Alter von acht Jahren mit dem

Schreiben. 2024 verfasste sie ein Theaterstück, welches sie im Schuljahr 2025/26 mit der Theater-AG ihres Gymnasiums auf die Bühne bringen wird.

Dieter Stiewi, geb. 1964 in Aachen, verheiratet, 2 Kinder, Patentingenieur. Schreibt Kurzgeschichten und Romane, u.a. Krimis um die Offenbacher Kommissarin Saliha Durmaz.
→ www.Stiewi.eu.

Andreas Tebbe, geboren 1986, wohnhaft in Brakel. Seit 20 Jahren schreibt er literarische Kurzprosa mit psychologischem und existenziellem Schwerpunkt, inspiriert von eigenen Erfahrungen als Vater eines behinderten Kindes.

Sabine Weber, geboren und aufgewachsen in Bremen, lebt in Erlangen und verbrachte fast ihr halbes Leben in Bayern. Widmet sie sich, neben dem Zeichnen und Malen, überwiegend dem Schreiben von Kurzgeschichten, meist zu Alltagsbegebenheiten.

Kerstin Werner, geboren 1964 in Halle (Saale), studierte Grundschul- und Waldorfpädagogik. Fernstudium an der „Schule des Schreibens" in Hamburg. Ihre Erzählungen, Märchen und Gedichte sind in verschiedenen Anthologien erschienen.

Chandrika Wolkenstein, Pseudonym der Essener Autorin Meike Fahimi, veröffentlicht in Literaturzeitschriften und Anthologien. In ihren Gedichten verarbeitet sie meist eigene Erfahrungen, die sie im Hier und Jetzt bewegen, die sie aber auch u.a. in Chile und Afghanistan gesammelt hat.

Souad Zakarani, Marokkanische Dichterin und Übersetzerin. Sie schreibt in vier Sprachen mit viel Herz und Leidenschaft. Veröffentlichung in Anthologien und Magazinen.

Thomas Opfermann (Hrsg.), geboren 1975 in Stolberg/Rheinland, verfasst neben seiner beruflichen Tätigkeit als Dozent Haikus und Kurzgeschichten; Ausrichter von literarischen Workshops und Seminaren. → www.thomas-opfermann.de